ANTHOLOGIE
FRANCO-INDOCHINOISE

**Morceaux choisis des écrivains français
accompagnés de notes grammaticales
et historiques**

III

P.-J. L. DE LA BISSACHÈRE.
Michel Đức CHAIGNEAU.
J. L. DUTREUIL DE RHINS
P. NEIS.

IMPRIMERIE MAC-ĐINH-TU
LE-VAN-TAN Succr
136, Rue du Coton. — HANOI
— 1927 —

A NOS LECTEURS

Les recueils de morceaux choisis, parus jusqu'à ce jour, n'offrent en général que la fleur de la littérature. Les auteurs de ces recueils croient, comme Rollin, « qu'il faut faire lire aux enfants, et d'abord et toujours, les meilleurs écrivains, qu'il ne s'agit pas de lire un grand nombre d'auteurs, mais de bien lire ceux qui sont les plus estimés ». L'Anthologie dont nous présentons aujourd'hui le 3e fascicule est conçue dans un esprit un peu différent : d'abord, elle présente aux élèves, sous la même couverture, les poètes et les prosateurs : ensuite, et c'est ici surtout que nous faisons autrement que nos devanciers, nous accordons une petite place aux écrivains ordinaires pour embrasser dans son ensemble la littérature franco-indochinoise. Il n'est pas inutile, croyons-nous, que les jeunes gens connaissent par quelques extraits, à condition, bien entendu, qu'ils soient faits avec discernement et mesure, les souvenirs de Michel Đức Chaigneau et de Lucien de Grammont, les notes de voyage de P. Neis et de L. Delaporte. Ils ont d'ailleurs appris à connaître, dans la littérature proprement française, les victimes de Boileau, comme Pradon, Chapelain, Cyrano de Bergerac. Ce sont des ombres qui, pour parler comme le satirique, donnent du lustre au tableau. Les élèves curieux pourront, à l'aide de notre recueil, faire des rapprochements dont ils tireront sans doute quelque profit.

ANTHOLOGIE
FRANCO-INDOCHINOISE

III

Le climat indochinois.

Le Tonkin et les pays adjacents, par le climat dont ils jouissent et qui est commun à une partie de l'Asie méridionale, forment une des habitations les plus heureuses : la nature s'y montre sous l'aspect le plus agréable, et se signale par de grands bienfaits. Une chaleur tempérée produit une fermentation douce et continue, anime et vivifie tout ce qui en est susceptible : le sol est fertile ; tous les sens donnent des jouissances ; l'air est embaumé par l'odeur qui émane des végétaux ; le goût est satisfait par l'excellence de leurs fruits ; la beauté des fleurs, la richesse territoriale offrent un spectacle enchanteur. Qui n'a pas habité ces charmantes contrées, qui ne s'y est pas trouvé au milieu des jardins couverts d'orangers et d'aréquiers, qui n'y a pas respiré au lever de l'aurore les premières émanations de la nature renaissante, ne peut avoir qu'une idée imparfaite des sensations délicieuses dont nos organes sont susceptibles. Que ce parfum est préférable à ceux que forme l'art, et qui n'affectent agréablement nos organes qu'en les altérant ! C'est là que tous les principes de la vie sont dans une douce activité, et qu'une sensation de volupté pure pénétrant dans tout l'être, fait connaître, par les affections qu'elle communique à l'âme, le bonheur de l'existence (1).

> DE LA BISSACHÈRE(2). *Etat actuel du Tonkin, de la Cochin chine et des royaumes de Cambodge, Laos et Lac-tho,* tome I, p. 31-32. (Paris, Galignani, 1812)

(1) Tableau idyllique, s'il en fût ! A vrai dire, les régions limitrophes du golfe du Tonkin, touchant à l'énorme masse de la Chine, subissent l'action des dépressions chinoises. « Et cette influence perturbatrice, écrit M. E. Chassigneux, est d'autant plus accusée au Tonkin et dans le Nord-Annam qu'aucune puissante barrière montagneuse ne s'élève au Nord de l'Indochine pour l'isoler et la protéger comme l'Himalaya protège l'Inde. A cela il faut ajouter que le Tonkin et le Nord-Annam sont aussi les régions les plus éprouvées par les dépressions continentales indochinoises. Il en résulte que pendant les mois d'avril et mai les dépressions indochinoises exercent leur influence perturbatrice, et que, pendant tout le cours de l'année (sauf à la fin d'août et en septembre, qui sont les mois les plus riches en typhons et les plus pauvres en dépressions continentales), les dépressions chinoises viennent fréquemment modifier le climat du Tonkin. C'est ainsi que l'on peut noter dans les stations du Tonkin et du Nord-Annam des périodes plus ou moins longues où la pression barométrique, la température, le régime des vents, la nébulosité et l'état hygrométrique diffèrent de ceux que l'on observe pendant les jours précédents et les jours suivants. » (*Les dépressions continentales et le climat du Tonkin* in *Revue de géographie*, t. VII, fasc. 2, année 1913.)

(2) Pierre-Jacques Lemonnier de La Bissachère, né vers 1764 dans le diocèse d'Anger, mort le 1er mars 1830. Il fit un court séjour au Séminaire des Missions-Etrangères des

La pêche au Tonkin.

Le poisson étant un des principaux aliments du Tonkinois, la pêche est pour lui du plus grand intérêt; sur cet article, la nature l'a traité très avantageusement, et il a secondé ses bienfaits. La mer, les fleuves, les rivières, les ruisseaux et même la terre, par les inondations et les irrigations, offrent pour la pêche un immense espace; on compte dans les provinces maritimes presque autant de pêcheurs que de cultivateurs, et l'art de la pêche n'est peut-être nulle part mieux entendu que dans

---

Paris, à l'issue duquel son départ pour le Tonkin fut décidé. Il s'embarqua à Lorient au mois de mars 1790; arrivé à destination, il fut attaché au Tonkin occidental. En 1795, au fort de la lutte entre le prince Nguyên-Ánh et les Tây-son, les chrétiens furent durement persécutés dans la région du Nghệ-an qu'il habitait; il en fut réduit à fuir de retraite en retraite pour échapper aux recherches dont il était l'objet. La persécution étant un peu ralentie, La Bissachère, qui était revenu dans la province du Nghệ-an, rassembla autour de lui, en 1800, quelques sujets de cette province, pour leur enseigner la théologie. Vers cette époque, les progrès des troupes royales préoccupèrent les mandarins Tây-son et les chrétiens, oubliés d'eux, vécurent plus tranquilles. La capitale de Huế prise, les provinces du Sud-Annam pacifiées, Nguyên-Ánh commença la campagne qui devait faire passer le Tonkin sous sa loi. Lorsqu'il passa dans la province du Nghệ-an, au commencement du mois de juillet 1802, Mgr. de Castorie et La Bissachère allèrent le saluer; il les admit à son audience et les traita avec distinction. Malade en 1806, La Bissachère dut quitter le Tonkin; il était en 1807 à Macao où il rencontra Renouard de Sainte-Croix, — il arriva au mois d'août, dit celui-ci. Jean-Baptiste Chaigneau, officier français au service de Gia-Long. écrivait de Huế le 6 juin 1807, à M. Létondal, procureur des Missions-Etrangères à Macao: « M. de La Bissachère vous racontera en détail l'état actuel de la Cochinchine. » Cette phrase permet de confirmer le renseignement de Sainte-Croix sur l'époque où le missionnaire se trouvait à Macao, et, par une coïncidence étrange, donne à l'avance le titre de l'ouvrage qui sera publié à Paris en 1812 sous le nom de La Bissachère: « *État actuel du Tonkin. de la Cochinchine et des royaumes de Cambodge. Laos et Lac-tho*, par M. de La Bissachère, missionnaire qui a résidé 18 ans dans ces contrées; traduit d'après les relations originales de ce voyageur; Paris, Galignani, 1812, 2 vol. » On n'indique pas exactement à quel moment La Bissachère arriva en Europe; on dit seulement qu'il débarqua en Angleterre en 1808. Il éprouva, semble-t-il, de grandes difficultés à trouver des moyens d'existence, et ce serait pour se créer des ressources que, sur le conseil de quelques personnes, il aurait projeté de publier les notes écrites pour Sainte-Croix. C'est à cette occasion qu'il entra en relations avec le baron Antoine de Montyon, — on peut du moins le supposer sans grands risques d'erreur. D'après un des biographes de La Bissachère, le missionnaire aurait confié à Montyon le soin de rédiger ses notes, car il était embarrassé de faire ce travail lui-même. Mais il aurait mal placé sa confiance. Nous ne sommes pas en mesure de déterminer avec exactitude ce qu'il peut y avoir de vrai dans cette accusation; de toute façon il est certain que Montyon eut connaissance des notes de La Bissachère et l'on verra dans l'étude très fouillée de M. Charles B. Maybon, à laquelle nous empruntons cette notice, comment il en mit en œuvre le contenu (*La Relation sur le Tonkin et la Cochinchine de M. de La Bissachère*, missionnaire français (1807), publiée d'après le manuscrit des Archives des Affaires étrangères, avec une introduction et des notes, par Ch. B. Maybon. Paris, Champion, 1920).

le(1) Tonkin. Les poissons ont été observés dans toutes les particularités qui les caractérisent; leurs espèces ont été classées avec une grande sagacité; on a étudié leur instinct, le degré de leur intelligence, leurs affections, leurs aversions, leurs goûts; on a distingué les changements que causent en eux l'âge, le sexe, les localités, les saisons, les mois, la température, le jour, la nuit, même les heures du jour et de la nuit: cette connaissance de leurs mœurs, s'il est permis de donner ce nom aux inclinations et à la manière d'être et de sentir qui distinguent ces animaux, dirige les moyens de les prendre.

Ces moyens sont infiniment variés; plusieurs ne sont connus que des Tonkinois, et plusieurs de ceux qui sont connus des autres nations, sont pratiqués dans le Tonkin avec plus d'art; on y manie la ligne, le filet et les autres engins de la pêche avec plus de dextérité(2). Les nasses et les autres pièges sont mieux construits et plus avantageusement placés. On effraie le poisson en allumant sur l'eau des feux qui le font fuir, et le font sauter dans le bateau pêcheur pour y chercher une retraite; la nuit, au clair de la lune, on adapte au bateau une planche vernissée et inclinée, sur laquelle saute le poisson, et d'où il tombe dans le bateau. Quelques pêcheurs marchent dans l'eau avec des échasses et y prennent le poisson à la main; mais cette pêche est dangereuse, parce que si les inégalités du fond de l'eau font tomber le pêcheur, les échasses l'empêchant de se relever, il se noie. D'habiles plongeurs vont jusqu'au fond de l'eau prendre le poisson, qu'ils rapportent à la surface de l'eau. Quelquefois, ils jouent avec ces poissons qui, les prenant pour de nouveaux compatriotes, se familiarisent avec eux et les suivent, et les plongeurs vont se jeter dans les filets d'où on les retire avec les poissons qui les ont suivis.

---

(1) Devant les noms propres de lieux désignant des pays et des provinces, *au*, et *en* sont en concurrence. On dit : *au* Tonkin, *au* Laos, *en* Annam, *en* Cochinchine, *en* Auvergne, *en* Allemagne, mais *dans* les Vosges, *dans* la Cordillère annamitique. Les règles capricieuses qu'on donne remontent au XVIIe siècle. Elles ont entretenu un tel désordre que, lors de la création des départements, l'usage s'est partagé. *En* se met avec les noms composés : *En* Meurthe-et-Moselle, *en* Seine-et-Oise; *dans* avec les simples : *dans* le Doubs, *dans* la Meuse. Encore cette règle n'a-t-elle rien d'absolu. On dit fort bien : X est élu *dans* le Tarn-et-Garonne; *en* Hautes-Alpes serait impossible. Avec les noms de ville, *en* a cessé de se dire depuis le XVIIe siècle (cf. F. Brunot).

(2) Il convient de noter que les engins dont parle l'auteur n'imposent pas l'obligation d'une main-d'œuvre nombreuse, et qu'il s'agit, en somme, de la petite pêche comportant l'emploi des engins tels que : lignes à main, lignes dormantes, nasses, trubles, haveneaux, carrelets, tramails, éperviers, seines, etc.

Quantité d'autres artifices sont employés; il y a des poissons qui aiment à se placer dans des vases d'une certaine substance et d'une certaine forme, qu'on met à leur proximité; on en attire d'autres en leur présentant des couleurs pour lesquelles on a remarqué qu'ils ont de l'attrait; d'autres sont attirés par des feuilles odoriférantes dont ils aiment à respirer l'odeur; d'autres le sont par des sons qui font impression sur eux; ainsi le goût, l'odorat, l'ouïe, la vue, tous les sens du poisson servent d'amorce. Dans la guerre que le Tonkinois déclare aux animaux aquatiques, il fait intervenir les animaux aériens; et dans cette classe d'alliés, celui qui est employé avec le plus de succès est l'épervier qui, dans ces contrées, est plus grand, plus fort, plus obéissant qu'en Europe.

DE LA BISSACHÈRE, *Etat actuel du Tonkin*, t. I, p. 148-151.

L'amitié et la piété filiale chez les Tonkinois.

Le Tonkinois connaît le besoin des âmes tendres, le besoin d'aimer et d'être aimé; par où (1) il faut entendre non seulement cette affection, dont le germe existe dans la différence des sexes, mais cette union des âmes indépendante des sens, volupté pure, exempte d'inégalités, de troubles, de remords. Le Tonkin est la patrie de l'amitié; c'est là qu'elle se manifeste par les symptômes les plus honorables, et par les procédés les plus généreux: l'inégalité des fortunes effacée, et la division des propriétés anéantie. L'ami dispose du bien de son ami comme du sien propre; en son absence, il s'en sert pour son utilité, et même il la donne, s'il le juge convenable; qui n'en userait pas ainsi, et se plaindrait d'un tel procédé, serait réputé ne pas connaître l'amitié. Les intérêts se confondent ainsi que les droits. Le bonheur ou le malheur de l'un fait le bonheur ou le malheur de l'autre. Ce sont deux êtres identifiés par le sentiment.

----

(1) *Où*, qui a une signification locale, s'étendit au commencement de l'âge moderne. bien en dehors de son emploi propre. Ex : S'il avait trouvé le secret, Par où tu composes tes charmes (Racan, *Odes*. I, 217). Il en était arrivé à être l'équivalent de *lequel*. On disait *vers où*. Chapelain y voyait une élégance, qui fut condamnée par l'Académie française : « Il se rendit à un tel lieu, vers où l'armée s'avançoit (cf, les travaux de M. F. Brunot).

L'amitié germe dans le cœur du Tonkinois, dès qu'il est capable d'un sentiment; elle est une suite de la vénération affectueuse que, dès les premiers moments de son existence, il conçoit pour son père, et qui ne se dément jamais... Un père est un ancêtre vivant. Dirigés par lui, les jeunes gens ont un frein contre les passions, maladies morales, inséparables de la jeunesse. D'autre part, la piété filiale est excitée par la tendresse paternelle. C'est dans ce pays que le bonheur d'être père est le mieux senti; avoir beaucoup d'enfants, c'est avoir beaucoup de serviteurs; c'est s'entourer de beaucoup d'amis; c'est s'assurer du culte d'une nombreuse postérité.

Les devoirs que la parenté impose et les sentiments qu'elle inspire, ne se bornent pas aux personnes les plus rapprochées par l'ordre de la nature; ils s'étendent à tous ceux qui ont une origine commune; et l'obligation de se réunir pour rendre un culte aux ancêtres, renforce les liens qui attachent les parents les uns aux autres. Au défaut de (1) la parenté, l'âge suffit pour donner des droits à la vénération. Les vieillards sont traités avec un respect qui semble religieux; leur expérience leur donne un grand ascendant, leurs conseils semblent des ordres. Dans les assemblées publiques, la première place leur est assignée, quand les rangs ne sont point déterminés par les dignités; et il a été reconnu chez toutes les nations que cette déférence respectueuse pour l'âge est le garant des mœurs.

De La Bissachère, *État actuel du Tonkin*, t. II, p. 40-42.

L'enterrement au Tonkin.

De toutes les cérémonies, la plus solennelle, la plus imposante, la plus dispendieuse, celle à laquelle on attribue une plus grande importance, est l'enterrement. De tout temps, les hommes ont attaché un grand intérêt aux restes inanimés des personnes qui leur étaient chères; les anciens considéraient comme une grande honte et un grand malheur que ces restes fussent sans sépulture; parmi les modernes, des cérémonies lugubres et religieuses constatent les adieux funèbres des survivants; et des

---

(1) Les classiques disaient de même : « Au *défaut de* ton bras, prête-moi ton épée » (Racine, *Phèdre*, 710). On dirait aujourd'hui à *défaut de*. Ex.: Il aurait trouvé dans ce travail, à défaut de joie, la paix de l'esprit (A. France, *Le Mannequin d'osier*, p. 3); — Les passagers. . . regardaient, à défaut de splendeurs promises, tournoyer les petites mouchetures blanches (A. Daudet, *Tartarin sur les Alpes*, p. 2).

inscriptions ou des monuments illustrent la demeure souterraine des hommes qui ne sont plus; mais il ne paraît pas que dans aucun temps ni dans aucun pays, ces solennités aient eu l'éclat et la pompe qu'elles ont dans le Tonkin; et c'est un contraste bien surprenant, que tandis qu'en Asie on solennisait ainsi la disparition du nombre des vivants, il ait été ordonné (1) en Italie que les corps des morts de tout rang fussent jetés pêle-mêle dans un tombereau comme des immondices, et ainsi transportés hors de la ville dans une fosse commune pour tous les cadavres. Ce sont deux genres d'excès répréhensibles; il est insensé de ruiner les vivants pour honorer les morts; il est imprudent de ne rien accorder aux sens; faire cesser subitement pour ce qui en était l'objet, est un moyen de l'altérer dans le temps où il doit subsister.

Obtenir les honneurs d'un bel enterrement, est un grand objet d'ambition pour un Tonkinois; il en est qui travaillent toute leur vie, et se refusent toute espèce de jouissance, afin que, par le fruit de leurs économies, leur pompe funèbre soit plus magnifique... Un bel enterrement fait grand honneur à une famille; on en parle quelquefois cinquante ans après, comme d'une pompe célèbre et d'un événement mémorable.

Les cercueils sont superbes, formés d'un bois d'élite, poli, vernissé, ordinairement peint en rouge, souvent orné de sculpture, doré dans les parties sculptées, et décoré d'inscriptions, qui contiennent des vœux pour que le défunt jouisse d'un sort heureux dans le séjour où il va se rendre...

Le transport au lieu de la sépulture se fait avec de grandes solennités, dont une des plus remarquables est que le fils aîné, la tête entourée de paille, marche-devant le cercueil, et de temps en temps se jette à terre

---

(1) On voit par cette phrase que le mode peut être entraîné non seulement par le verbe principal, mais par une dépendance de ce verbe (cf. F. Brunot). En voici un autre exemple : Il y a une chose qui est fâcheuse dans votre cour, que tout le monde y prenne liberté de parler, et que le plus honnête homme y soit exposé aux railleries du premier méchant plaisant. (Molière, *Am. magn.*, I, 2). Supposons même qu'on remplace *que* par *c'est que*, le subjonctif reste possible, tant l'idée modale domine la phrase, comme dans : Il est fâcheux qu'il fasse mauvais. Il en est tout à fait de même dans les phrases suivantes : Voilà une coutume bien impertinente, qu'un mari ne puisse rien laisser à une femme dont il est aimé tendrement (Molière, *Mal. imag.*, I, 7); — Voilà qui m'étonne qu'en ce pays-ci les formes de la justice ne soient point observées (Molière, *Pourc.*, III, 1). La conjonction *que* introduit la proposition présentée par *voilà*; c'est un fait qui s'exprimerait ailleurs par l'indicatif : Voilà qu'il pleut. Mais ce qui accompagne *voilà*, c'est-à-dire le verbe *étonner*, en introduisant une couleur sentimentale, amène le subjonctif dans la subordonnée, tout comme s'il y avait : je m'étonne que...

pour arrêter le défunt, et l'empêcher de quitter la famille. On met sur ce cercueil un vase plein d'eau, et s'il n'en est pas tombé une goutte, on regarde le maintien de cet équilibre comme un très heureux présage, et les porteurs sont récompensés. Le transport dure très longtemps, parce qu'on marche très lentement, et qu'on fait beaucoup de pauses ; le convoi se termine par un grand repas, auquel sont invités tous les assistants ; car dans ce pays, manger est la conclusion de toutes les cérémonies gaies ou tristes.

On attache une grande importance au lieu de la sépulture, et à une certaine correspondance avec les montagnes et les fleuves qui est examinée par des experts...

De La Bissachère, *État actuel du Tonkin*, t. II, p. 79-84.

Littérature tonkinoise.

Ce que les fleurs sont aux fruits, le vernis à la substance qu'il couvre, les beaux-arts aux arts mécaniques, la littérature l'est aux sciences ; c'est le luxe de l'esprit. Dans cette exposition et cette parure des idées, les Tonkinois ont une grande opinion de leurs talents ; obligés de [1] se reconnaître inférieurs aux Chinois dans les sciences, ils prétendent leur être supérieurs en littérature ; c'est un genre de prétention qu'adopte assez facilement la vanité des nations, parce qu'en matière de goût les principes et les limites ne sont ni aussi fixes, ni aussi sensibles que dans la sphère des sciences ; mais malgré l'opinion avantageuse que les Tonkinois ont conçue de leurs productions littéraires, elles ne peuvent trouver d'admirateurs que dans le Tonkin.

---

(1) « Les verbes *obliger, forcer, contraindre* sont remarquables en ce qu'au passif ils sont suivis de *de* : il est obligé, forcé, contraint de. . . . , et qu'à l'actif ils sont suivis de *à* : forcer, obliger, contraindre à. . . . La préposition *à* s'emploie devant l'infinitif après les verbes marquant une tendance, un but : *encourager, exhorter, inciter*. D'ordinaire, la construction avec l'infinitif est la même qu'avec les substantifs : contribuer à la réussite d'une affaire, contribuer à faire réussir une affaire. L'ancienne langue faisait de *à* un emploi beaucoup plus étendu. Devant l'usage grandissant de la préposition *de*, la préposition *à* se restreignait à l'expression de plus en plus nette de l'idée de tendance ». (A. Hatzfeld et A. Darmesteter, *Traité de la formation de la langue française*, p. 276.)

La richesse de la langue tonkinoise, la multitude des
mots qu'elle possède, les expressions différentielles qui
désignent les nuances d'une même chose et les gradations
des qualités, semblent servir essentiellement la littérature dont les mots sont les matériaux; mais comme
cette abondance et cette variété sont absolument bornées à la dénomination des substances et des productions
du sol, cette richesse de nomenclature est un avantage
de peu de conséquence pour la littérature, qui peint
plus qu'elle ne définit, et dont l'objet principal est la
manifestation et le coloris des opinions et des sentiments.

Le style tonkinois est sage; les auteurs ne se permettent point de dénaturer les expressions par un emploi
forcé. Point de métaphores exagérées, point d'hyperboles
gigantesques (1), point d'images monstrueuses par leur
excès; les montagnes ne sautent point comme les béliers;
le nez d'une jolie femme ne ressemble point à une tour,
style ordinaire du Sud-Ouest de l'Asie. Ce serait une
observation curieuse de rapprocher le style des nations
de leurs climats et de leurs mœurs; on pourrait observer
des zones dans le style, le nord manquant de figures
et de mouvement sans toutefois manquer d'énergie; le midi
parlant, écrivant avec emphase; les contrées intermédiaires
connaissant une plus juste mesure, et il serait assez naturel
d'attribuer à la douce température dont jouissent les Tonkinois, la sagesse et la rectitude de leur style. Quant à l'élégance et à la grâce du style, au bon goût, à l'appréciation des
convenances, à la légèreté et à la finesse de la plaisanterie,
c'est un genre de mérite littéraire, qui tient peut-être à la
délicatesse des organes, mais surtout à un raffinement de

---

(1) « Plusieurs estiment, écrit M. F. Brunot à propos de la langue française, dans *La Pensée et la langue* (p. 694), plusieurs estiment, non sans raison, que nous avons perdu le sens de la mesure. Il est bien vrai que ce n'est pas nous qui avons commencé les outrances. Mais il faut bien dire que nous avons été plus loin que les temps antérieurs. On dit à propos du moindre événement que « les conséquences en sont immenses », qu' « il a une portée incalculable ». Entre deux prix, « il y a une différence énorme » (elle est parfois de quelques centimes). Le moindre député a « des projets gigantesques ». « On éprouve une joie infinie » à revoir ses amis, etc. Notre littérature, nos journaux surtout ont poussé les mots à l'extrême. La « litote » n'est plus connue de personne, nous sommes, sous le règne de l' « hyperbole ». Tout y contribue, la réclame commerciale d'abord, mais aussi les surenchères de la politique et de la presse. Il est des domaines où une appréciation simplement favorable serait une critique. « Géniale » est le moins qu'on puisse écrire d'une actrice dont on ne veut pas se faire une ennemie mortelle. Un écrivain comme Maupassant a surpris, quand, pour atteindre l'intensité d'expression, il s'est contenté du mot simple, après les recherches de ses prédécesseurs. Ce fut une révélation. »

conceptions et de procédés, à des formes sociales qui sont peu analogues aux pensées et aux mœurs de ce pays et même à celles de presque toute l'Asie.

Un des genres de littérature dans lequel les Tonkinois s'exercent le plus et ont plus de succès, est l'art oratoire; ils ont d'autant plus d'intérêt à s'y exercer que les succès qui y sont obtenus donnent une grande considération: par l'éloquence, on commande dans les assemblées de communes; on peut dans les assemblées religieuses s'ériger en prédicateur; dans les discussions judiciaires, dont personne n'est à l'abri, et dans lesquelles on n'a de défenseurs que soi-même, une discussion exacte et bien raisonnée et une diction pure sont d'un grand avantage. Les orateurs improvisent et ne préparent que leurs plans, ce qui donne à leurs discours une sève, une chaleur, que n'a point le débit de ce qui émane de la mémoire; mais leur genre d'éloquence n'en admet point les grands mouvements et les figures hardies; cet éclat, ce faste oratoire ne réussiraient point dans la discussion judiciaire, paraîtraient même un moyen de séduction, et indisposeraient les juges; ils ne seraient pas moins déplacés dans l'annonce des vérités célestes, et scandaliseraient; cependant, dans les sermons, il se trouve quelquefois des traits pathétiques, que ne désavoueraient point les maîtres de l'art.

DE LA BISSACHÈRE, *État actuel du Tonkin*(1), t. II, p. 130-133.

---

(1) Selon M. Charles-B. Maybon, il y a de grandes chances pour que le célèbre philanthrope de Montyon ait composé et rédigé l'*État du Tonkin*, dont on vient de lire quelques extraits, — composé en mettant en œuvre non seulement les notes de La Bissachère, mais de multiples renseignements puisés soit dans l'ouvrage de John Barrow (*Voyage à la Cochinchine...*, Paris, 1807), soit même dans des ouvrages généraux, ouvrages géographiques à tendances philosophiques dans le goût du temps, ainsi qu'on peut s'en rendre compte à la seule inspection de sa table des matières; — rédigé, car Montyon a publié d'autres ouvrages (*Éloge du Chancelier Michel de l'Hôpital*, 1787; *Influence de la découverte de l'Amérique sur l'Europe*, etc.) et l'on y reconnaît sa manière: facilité de développement, disposition à généraliser, manie de la digression, période oratoire, et toutes ces qualités et ces défauts enfin qui feraient croire volontiers qu'il a entrepris de donner une suite à un discours sur l'histoire universelle. Un extrait de l'introduction de M. de Montyon paraît mériter d'être reproduit, parce qu'il est intéressant de savoir ce qu'il dit de La Bissachère. « Le Tonkin et la Cochinchine, après de longues et funestes dissensions, après avoir subi tous les désastres qu'entraînent les révolutions et les guerres intestines, viennent de prendre de la consistance et de la stabilité. Leur souverain formé par le malheur,

Gia-Long et ses officiers français[1].

Le roi de Cochinchine ne négligeait pas non plus la marine, il était présent à tous les travaux, tant dans les nouveaux arsenaux militaires que dirigeait M. Olivier[2] que dans ceux où l'on travaillait pour la marine, qui

cette grande école des hommes, s'est montré le plus grand général, le plus grand politique, le plus grand homme de l'Asie ; expulsé de ses états héréditaires, il les a recouvrés ; et joignant à des droits héréditaires le droit de l'épée, il a réuni sous sa domination le Tonkin, la Cochinchine, le Tsiampa, le Cambodge, le Laos, le Lac-tho, et est devenu plus puissant qu'aucun de ses prédécesseurs. Le Tonkin état qui seul est beaucoup plus peuplé et plus riche que les cinq autres, a été érigé en empire, et par cette érection semble soustrait à la suprématie de la Chine, dont il avait toujours été dépendant. La description de ces pays, et le tableau de ces nations, doivent attirer et fixer l'attention des hommes dont la manière de voir diffère le plus. Un sentiment d'humanité porte à observer quels sont, dans toutes les contrées, les dons de la nature, et dans quel état est l'industrie ; une juste curiosité recherche quelles sont les opinions religieuses, les institutions, les sciences et les arts. Le commerçant peut trouver dans ces notions matière à des échanges avantageux ; l'homme d'état y fonder des spéculations politiques ; pour le philosophe, c'est une page de plus dans l'histoire de l'homme. Qu'il nous soit permis d'ajouter qu'il n'en est pas de la relation présentée ici au public, comme de tant de relations de pays éloignés, qui quelquefois n'ont pour base que des conversations avec des nationaux, souvent incapables de donner de justes renseignements sur l'état de leur patrie ; ou de journaux de navigateurs, qui ne sont entrés que dans des rades et dans des ports, et qui, quand ils auraient pénétré dans l'intérieur des terres, n'auraient pu apprécier que ce qui est relatif à la navigation, ou des observations de voyageurs qui n'ont fait que traverser les pays qu'ils décrivent, et souvent même en ont ignoré la langue. Cette notice du Tonkin et des pays adjacents a été obtenue par les mêmes moyens qui ont procuré à l'Europe les premiers renseignements certains sur la Chine. C'est une exposition de faits constatés par M. de La Bissachère, missionnaire français, le seul Européen qui, après avoir habité le Tonkin, réside actuellement en Europe. M. de La Bissachère a passé dix-huit années dans le Tonkin et la Cochinchine, les a parcourus dans presque toute leur étendue, ainsi que la plupart des états adjacents ; il en entend et en parle la langue, et a été en relation avec toutes les classes des habitants de ces pays. Père temporel, confident, conseil des chrétiens, qui, dans ces pays, sont en assez grand nombre, il a été en société avec les plus grands personnages de l'État, souvent en conférence avec les mandarins ; il a eu lui-même un brevet de mandarin ; des Tonkinois ont été par ordre du gouvernement attachés à son service personnel ; plusieurs fois il a été admis à l'audience de l'Empereur. Quant aux faits sur lesquels il n'a pu fournir de notions, on en a eu indépendamment de lui par la communication de mémoires, et de lettres de personnes qui, ayant résidé dans ces contrées, ont eu part aux événements qui y sont survenus, et, à tous les titres, méritent confiance. »

(1) Cet extrait ainsi que les deux suivants ont été rédigés par de La Bissachère lui-même. Il n'est pas sans utilité, croyons-nous, de rendre au texte de l'auteur la forme qu'il lui avait donnée.

(2) Victor Olivier de Puymanel (en annamite Ông Tín), né à Carpentras (Vaucluse) en avril 1768, volontaire de 2ᵉ classe de la marine française, arriva en Cochinchine à bord de la frégate la *Dryade* et entra au service de Gia-Long en 1788 ; très apprécié de Mgr d'Adran, il fut nommé par Gia-Long chef d'état major de l'armée cochinchinoise ; c'est à lui qu'on doit quelques-unes des forteresses élevées en Annam selon le système Vauban ; mort d'épuisement en 1799 à Malacca, où Gia-Long l'avait envoyé en mission (H. Cosserat, *Notes bibliographiques sur les Français au service de Gia-Long*, in *Bulletin des Amis du vieux Hué*, 1917, p. 165-206).

étaient confiés aux soins de M. Jean Dayot [1]. Cette marine dont M. Dayot était l'âme et le chef, suivait le long de la côte les mouvements de l'armée de terre, lui portait des vivres ; et si celle des ennemis osait se présenter, la supériorité des manœuvres et des feux des corvettes la forçait bientôt à prendre la fuite. Le jeune roi encourageait ces messieurs par sa présence, il forçait les mandarins à veiller à ce que les ordres que donnaient les chefs européens [2] fussent très sévèrement exécutés, et de là naquit la haine que les mandarins portèrent à ces messieurs.

M. Dayot, après avoir séjourné quelque temps dans ce pays, y attira son frère, M. Félix Dayot [3], jeune homme plein de talent et aujourd'hui marin très distingué. Ils construisirent ensemble plusieurs bâtiments qui furent d'un grand service au prince, et dressèrent, en suivant l'armée, le plan des côtes en Cochinchine, ouvrage fort intéressant pour la marine et qu'ils offrent en ce moment au public [4].

---

(1) Jean-Marie Dayot (transcrit Da-đôt dans les *Liệt-truyện* de Gia-Long), originaire de Redon, en Bretagne, lieutenant de vaisseau auxiliaire dans l'Inde ; fut pris par les pirates pendant qu'il faisait le cabotage dans ce pays, et put s'échapper ; semble se trouver en Cochinchine dès 1788 ; commandant en chef de la marine de Gia-Long en 1790 ; prit part à la première attaque de Qui-nhon en 1793 et à d'autres campagnes ; fit de remarquables travaux de cartographie sur les côtes d'Annam ; quitta le service de Gia-Long vers 1795 et se retira à Manille, pour s'occuper d'affaires particulières ; revint à Tourane en 1804, pour établir des relations commerciales entre le roi de Cochinchine et le gouvernement de Manille ; périt en mer, sur les côtes de Cochinchine, en automne 1809. (H. Cosserat, *ibid.*).

(2) Les chefs européens au service de Gia-Long sont : Laurent-Estiennet Barizy (en sino-annamite Ba-di-di) ; Jean-Baptiste Chaigneau (transcrit Xa-nhu ; nom annamite Nguyễn-văn-Thắng, Chủ tầu Long ou ông Long) ; Jean-Marie Dayot ; Félix Dayot ; Desperles (chirurgien-major) ; Despiau (médecin de Gia-Long) ; de Forçant (nom annamite Nguyễn-văn-Lăng) ; Jean-Baptiste Guillon ; Guillaume Guilloux ; Julien Girard de l'Isle Sellé ; Joang ; Launay ; Théodore Le Brun ; Magon de Medine ; Etienne Malespine ; Da-đô-bi (?) et Ma-no-ê (?) ; Victor Olivier de Puymanel ; Renon ; Emmanuel Tardivet ; Philippe Vannier (nom annamite : Nguyễn-văn-Chấn, Chủ tầu Phụng).

(3) Félix Dayot arrive en Cochinchine en 1789, quitte le service de Gia-Long en 1792, meurt à Macao en 1821. (H. Cosserat, *ibid.*)

(4) L'atlas de Dayot portait le titre : *Le Pilote de Cochinchine.* Dans une lettre du 28 mars 1818 au ministre de la Marine, le capitaine de vaisseau Achille de Kergariou disait : « J'ai parcouru tous les ports de la Cochinchine, et, dans cette navigation épineuse, j'ai eu l'occasion de vérifier à rebours presque tout le travail de M. Dayot Je ne saurais donner assez d'éloges à l'exactitude surtout avec laquelle les terres sont jetées sur ses plans. » (H. Cordier, *Bordeaux et la Cochinchine sous la Restauration, in Toung Pao, 1908, p. 111*).

C'est ainsi qu'avec l'aide de ces messieurs et de quelques autres Français, attirés par Mgr. l'Evêque d'Adran, ce prince est rentré non seulement dans ses états, mais est encore parvenu à ajouter à son royaume deux nouvelles conquêtes, le Cambodge et le Tonkin, qui le rendent un des plus puissants princes de l'Asie et qui le rendront encore plus redoutable par la suite si, comme il y a toute apparence, il continue à faire servir son génie, naturellement militaire et ambitieux, à l'usurpation de quelques provinces sur la Chine ou sur le royaume de Siam, dont le souverain l'a si maltraité lors de son émigration.

Les Français à qui ce prince a tant d'obligations, ont été bien mal récompensés de leurs loyaux services, surtout depuis la mort de Mgr. l'Evêque d'Adran qui, comme son mentor, avait conservé toute autorité sur son pupille. MM. Dayot et Olivier l'ont quitté, après l'avoir servi plus de huit ans sans qu'il ait rien fait pour leur fortune, ce qui cependant lui était très facile. Le désagrément que les mandarins et le roi procurèrent à M. Dayot fut la cause de cette désertion (1). Il ne reste aujourd'hui à son service que trois ou quatre Français qui, dans le temps de ces messieurs, servaient en sous-ordre; ce sont: MM. Vannier (2), etc., qui sans fortunes, jouissent du titre de mandarins et qui, comme étrangers, sont sans cesse en butte aux mandarins cochinchinois, qui voient avec peine que, par leurs talents, le roi défère souvent à leurs conseils. Ces messieurs ont rendu dernièrement un bien grand service à leur patrie, en fermant aux Anglais le commerce de ce pays, et que je ne dois pas passer sous silence; quelques

---

(1) On lit dans une lettre du missionnaire Le Labousse adressée de Saigon au procureur des Missions-Étrangères à Macao, le 22 juin 1795: « Vous allez voir arriver à Macao M. Olivier avec M. Dayot, qui doit s'enfuir de son vaisseau quand il sera rendu au port Saint-Jacques. Cette fuite coûtera probablement bien cher au service du roi ». (L. Cadière, *Documents relatifs à l'époque de Gia-Long*, in *Bulletin de l'Ecole française d'Extrême-Orient*, 1912, n° 7, p. 35). Le fils de Chaigneau confirme la cause du départ : « M. Dayot qui commandait le navire *Le Cuivre* et un autre bâtiment, avait quitté ce commandement dès 1795, ayant eu à se plaindre des mauvais procédés des mandarins cochinchinois. » (Michel Dúc Chaigneau, *Souvenirs de Hué*, p. 18).

(2) Philippe Vannier (Nguyễn-văn-Chấn, chủ tầu Phụng), originaire d'Auray, en Bretagne (1762-1842), arriva en Cochinchine en 1789 ; obtint de Gia-Long le brevet de capitaine de vaisseau et commanda successivement le *Rồng-thua*, le *Đồng-Nai*, et le *Phénix* ; il fut élevé à la dignité de grand mandarin ; il rentra en France en 1825, après 36 ans d'absence passés en Cochinchine. (*Bulletin des Amis du vieux Hué*, 1916, 1917, 1919-1922).

missionnaires français ont aussi le rang de mandarins, mais comme ils ne s'entremettent pas dans les affaires de la Cour, ils ne portent aucun ombrage.

De La Bissachère, *Relation sur le Tonkin et la Cochinchine*, publiée par Charles B.-Maybon, Paris, Champion, 1920, p. 83-85.

La femme du général Trăn-quang-Diệu [1].

Le nouveau conquérant envoya des troupes pour s'emparer des défilés de difficile accès qui se trouvaient dans de longues chaines de montagnes pour empêcher les armées des Tây-sơn de venir au secours de la haute Cochinchine, et il réussit à leur fermer ce chemin, le seul par où il pouvait être inquiété. Il envoya aussi du monde pour garder la muraille qui défend la Cochinchine du Tonkin [2], il se trouva ainsi au milieu de deux petites provinces ayant l'ennemi à combattre aux deux extrémités. Il était occupé jour et nuit à se défendre et vivait dans d'aussi grandes alarmes que la famille des Tây-sơn, mais ce qui le rassurait un peu, c'est qu'il avait entre les mains les magasins royaux du chef des Tây-sơn, pourvus de toutes sortes de munitions, et le pillage qu'il avait fait en s'emparant de ce pays le mettait à même d'acquitter ses dettes et de payer exactement la solde de ses troupes. Il faisait d'ailleurs de grandes promesses à ceux qui combattaient pour lui, et leur faisait espérer que s'il était victorieux, il les comblerait de richesses et de dignités. Tous ces soins auraient été inutiles, si une femme forte, nommée Thiếu-Phó [3], qui entreprit de rétablir les affaires des Tây-sơn, eut été fidèlement secondée. Cette héroïne força en quelque façon le jeune roi Cănh-Thịnh [4] à

---

(1) Général Tây-sơn qui se distingua dans la lutte contre Nguyễn-Ánh.

(2) Cf. L. Cadière, *Le mur de Đồng-hới*, étude sur l'établissement des Nguyễn en Cochinchine (*Bulletin de l'Ecole française d'Extrême-Orient*, t. VI, 87-254.)

(3) Il s'agit de Bùi-thị-Xuân, épouse du général Trăn-quang-Diệu, qui avait longtemps tenu en échec les troupes royales dans la province de Qui-nhơn. Son courage était devenu légendaire et elle était célèbre sous le nom de Thiếu-phó, qui était un titre dont son mari était revêtu.

(4) Cănh-Thịnh, titre de période du fils du troisième frère Tây-sơn, Nguyễn-quang-Toản, bui régna au Tonkin de 1792 à 1802.

reprendre courage et se fit charger par lui de lui lever
une armée ; elle rassembla en deux mois et demi environ
300.000 combattants (1), elle voulut que le jeune roi
encourageât les troupes par sa présence, fit nommer pour
la forme un généralissime, mais de fait elle fut l'âme
de toute cette expédition, et dirigea toutes les opérations
militaires ; elle conduisit cette armée jusqu'à la muraille
qui défend la Cochinchine du Tonkin et en fit livrer l'assaut
pendant deux jours de suite (2). Le nouveau conquérant
qui était du côté opposé se défendait de son mieux, mais,
avec l'aide des éléphants, des soldats qui creusaient la
terre au pied de cette même muraille, y eurent bientôt
fait de grandes brèches en plusieurs endroits, de sorte
que ceux qui la défendaient, se voyant sur le point
d'être forcés, songeaient à la retraite. Mais Dieu, pour
punir les Tây-son qui persécutaient encore la religion,
permit que leur défaut de marine, joint à la trahison d'un
commandant de troupes qui était le plus avancé, ruinât
les affaires des Tây-son au moment où tout paraissait
leur assurer la victoire. La nouvelle amazone, avec sa garde,
pressait les corps des troupes les plus avancés, l'épée
dans les reins, d'escalader le mur ; les assiégés, ou plutôt
ceux qui le défendaient, faisaient sur ceux qui se présentaient des décharges de mousqueterie, qui tuaient beaucoup
de monde. Le commandant des Tây-son le plus près de la
tranchée, regardant la mort comme inévitable, fit signe aux
ennemis qu'il se rendait prisonnier, mit bas les armes,
moyennant quoi (3) il eut la liberté de passer de l'autre
côté, avec huit à neuf cents hommes qu'il commandait.

---

(1) Les ouvrages historiques annamites ne parlent que de 5.000 hommes qu'elle
apporta à Nguyễn-quang-Toản (Cảnh thịnh), lequel disposait de 30.000 hommes
levés au Tonkin et dans les provinces du Nord-Annam. L'erreur sur le chiffre de
ses soldats ne doit pas être attribuée à de La Bissachère ; le missionnaire reproduit probablement les données d'une poésie populaire composée sur l'héroïne qui
en inspira plusieurs, — et l'on sait que les auteurs de productions de ce genre se
laissent volontiers entraîner à l'exagération. (Note de Ch.-B. Maybon).

(2) Il y a lieu de noter que *de suite* signifie l'un à la suite de l'autre, et
que *tout de suite* signifie immédiatement, sur le champ. Dans le langage populaire, *tout de suite* est remplacé par *de suite*. Cette faute de langage a été
combattue par tous les observateurs depuis près de cent ans ; leurs critiques n'ont
pu l'empêcher de se répandre. On la trouve jusque chez des écrivains très purs, tels
que Renan (Cf. le manuel de M. F Brunot).

(3) *Moyennant* est resté un peu lourd. *Moyennant que* a été très usité, il
l'est moins. « On aura ses services, moyennant qu'on le paiera » est une phrase archaïque. Cf. La Fontaine, *Contes*, Fais. d'or, 156 : « Je vous promets d'oublier tout,
moyennant qu'elle vienne ».

Cet incident releva le courage du conquérant, quoique dans le fond de son âme il tremblât. Il affecta de la bravoure et fit ouvrir une des portes de la muraille et envoya un petit détachement comme pour inviter les soldats des Tây-son à passer de son côté.

Pendant ce temps, notre guerrière n'avait pas perdu la tête, elle fit promptement avancer un autre corps de troupe pour remplacer ceux qui avaient si lâchement abandonné leur poste, et continuer l'attaque. Si elle eût encore continué (1) deux heures, il n'y a pas de doute qu'elle ne se fût rendue maîtresse de ce poste important, mais le jeune roi actuel de Cochinchine donna ordre à ses vaisseaux de faire mine de débarquer du monde derrière l'armée assaillante des Tây-son pour leur couper la retraite. Ce mouvement exécuté, et le jeune prince Tây-son, en ayant eu connaissance, fit donner ordre à ses troupes de faire retraite d'après l'avis de son généralissime. Il avait déjà même fait une lieue et demie de chemin sans que la générale Thiếu-Phó en fût instruite; elle continuait à donner ses ordres pour presser l'escalade et était au moment de l'exécuter, ce qui aurait décidé la victoire en sa faveur; mais les troupes, ayant appris la retraite du jeune Tây-son, perdirent courage et firent dire à la commandante qu'elles voulaient aussi se retirer, ce qu'elles commencèrent à effectuer. La valeureuse commandante se dépitant de ce que la victoire lui échappait ainsi des mains, fit sa retraite, bien malgré elle. Dès ce moment, les troupes ne gardèrent plus d'ordre dans leurs rangs et se débandèrent en jetant leurs armes pour fuir plus vite; les commandants, craignant que le peuple et les soldats ne les maltraitassent, se déguisèrent et abandonnèrent tous leurs bagages. Il n'y eut que la nouvelle amazone qui conserva sa garde et rejoignit le jeune roi de son parti, qu'elle reconduisit à la capitale du Tonkin. Si le vainqueur

---

(1) Pour exprimer les irréalités dans le passé, on se sert du subjonctif plus-que-parfait à la donnée et à la conséquence. Ex. : S'il n'eût rien eu de plus beau, Ton nom qui vole par le monde, Fût-il pas clos dans le tombeau? (Malherbe). Le double plus-que-parfait n'est pas abandonné dans la langue moderne, mais il a un air archaïque. Ex. : Et quand il cherchait à se faire une idée du bonheur qu'il eût pu trouver sur la terre, si elle n'eût pas été bohémienne et s'il n'eût pas été prêtre,... son cœur se fondait en tendresse et en désespoir (V. Hugo, *Notre Dame de Paris*, II, 139). Il est encore d'usage de mettre un subjonctif à la donnée, un conditionnel passé à l'autre proposition. C'est le type de la célèbre phrase de Pascal : Si le nez de Cléopâtre eût été plus court, toute la face de la terre aurait été changée. (D'après la grammaire de F. Brunot.)

se fût mis de suite à la poursuite des fuyards, il se fût emparé de ce royaume huit à neuf mois plus tôt, mais il tremblait encore au seul nom du mari de la femme qui venait de le serrer de si près. Ce général était resté dans les provinces les plus reculées de la haute Cochinchine avec des forces capables de vaincre par terre trois armées comme celle qui avait gagné la bataille, mais il manquait de vaisseaux, et il était dans des provinces dont une armée ne pouvait sortir que difficilement et en passant par des défilés dangereux et fortifiés par l'art et la nature et que le jeune roi vainqueur ne manqua pas d'envoyer occuper par ses troupes. Ce général Tây-son (qu'on eût regardé comme un grand homme, même en Europe) ne pouvant forcer les défilés, se disposait à aller sur les barques du pays prendre la ville de Dòn-nai, et il l'eût exécuté en l'absence du vainqueur, comme précédemment celui-ci avait repris sur lui la ville de Qui-phủ (Qui-nhơn), mais la nouvelle qu'il reçut par un bateau que lui envoya sa femme, la commandante de l'armée, du mauvais état des affaires, lui fit changer de dessein; il s'achemina par le royaume des Laos, et vit périr son armée en route, soit par la faim, soit pour avoir bu de l'eau des puits et des ruisseaux empoisonnés par les sauvages. Il ne put arriver aux déserts de la province de Xứ Nghệ que deux jours après la prise de la capitale du Tonkin; quoiqu'il n'eût plus qu'une centaine d'hommes montés sur des éléphants mourant de faim et de fatigue, s'il fût arrivé un peu plus tôt, la conquête du Tonkin aurait peut-être encore échappé au vainqueur, tant la réputation de ce général était grande et capable de rétablir les affaires. Sa femme qui vint le trouver lui ayant appris les nouvelles pertes des Tây-son, il voulut prendre la route qu'il avait prise par le désert, monté avec sa femme sur le même éléphant. Les troupes que le vainqueur dépêcha pour le poursuivre le joignirent au désert de la province de Xứ Thanh et les soldats craignant que s'ils voulaient le prendre par force, il ne fît une longue résistance et ne vendît chèrement sa vie, usèrent d'artifice et se déguisèrent en paysans et furent à sa rencontre comme pour lui porter les vivres dont il avait grand besoin; de cette manière ils se saisirent de lui et de sa femme, sans qu'il eût à opposer la moindre résistance. Cette prise fut la fin de l'expédition et assura au vainqueur la conquête du reste du royaume, qui se fit sans la plus petite opposition, de la part des gouverneurs qui abandonnèrent les places à son armée. Le peuple et les soldats prenaient tous les grands mandarins et les conduisaient au nouveau maître comme on amène des bœufs et des cochons pour en faire présent ; on apportait aussi les piques, les fusils et les sabres des vaincus qu'on avait ramassés par charges, dans les campagnes.

DE LA BISSACHÈRE, Relation sur le Tonkin et la Cochinchine, p. 108-115.

Les lois annamites.

Les institutions civiles et morales du Tonkin et, par conséquent, de la Cochinchine en général, sont très sages, très justes et très conformes au droit naturel. Elles sont en grande partie imitées des lois de la Chine ; quelques-unes mêmes sont meilleures [1]. Le sage rédacteur de ces lois a bien raison de dire à la fin de son recueil que « la matière précieuse anéantit la loi » : *kim-ngân phá lệ luật*, et d'anciens écrivains avant lui avaient dit que la Clef d'or ouvre toutes les serrures, ce qui signifie absolument la même chose. L'avarice outrée des mandarins, la rapacité de leurs suppôts rendent toutes ces lois inutiles et même nuisibles en prolongeant et multipliant les formalités. Pour avoir de l'argent des parties, ils font espérer alternativement à l'une et à l'autre partie une décision favorable et ils ne prononcent jamais définitive-

---

[1] Les recueils législatifs et juridiques des dynasties antérieures aux Nguyên ont à peu près entièrement disparu. Le Code dit « des Lê », dont M. Raymond Deloustal a donné une traduction annotée sous le titre de *La justice dans l'ancien Annam* (Bulletin de l'Ecole française d'Extrême-Orient, t. VIII et suiv.), était tout imprégné d'idées chinoises ; « il reproduisait fidèlement, lit-on dans la préface écrite par Cl. E. Maitre pour le travail de M. Deloustal, les divisions du Code des T'ang (Đường), prototype de tous les recueils ultérieurs, et en avait gardé plus d'un article. Mais c'était le Code chinois modifié par des siècles d'histoire et par une série ininterrompue d'innovations partielles. Lorsque l'empereur Lê-Thánh-Tôn fit compiler en 1483 le grand recueil juridique, malheureusement perdu, connu sous le nom de « Code de Hồng-đức », il ne fit pas, comme Gia-Long, copier servilement la législation chinoise de l'époque, mais au contraire classer et disposer dans les cadres traditionnels toutes les lois et ordonnances promulguées à diverses dates par ses prédécesseurs. Il semble que l'Annam des Lê, après avoir définitivement conquis son indépendance politique vis-à-vis de l'empire du Nord grâce au génie de Lê-Lợi, ait fait un effort timide, mais réel et continu pour desserrer les liens si étroits de vassalité intellectuelle, qui l'attachaient à la civilisation chinoise. De là résulte que le code des Lê est une œuvre beaucoup plus originale, ou, si l'on veut, plus proprement annamite que le code des Nguyên. »

ment, tant qu'ils entrevoient pouvoir tirer quelque chose des plaignants. De ce mal il résulte un bien, c'est que la crainte des coups de rotins, celle de perdre son temps et son argent, retient beaucoup de gens, qui plaideraient si la justice était mieux administrée. Après qu'on a coupé la tête à un juge prévaricateur, son successeur ne laisse pas d'en faire autant et quelquefois même de le surpasser: ainsi il faut passer par là.

Les meurtres et les assassinats sont rares, mais il s'en commet cependant quelquefois. On prend alors des précautions très multipliées pour que le cadavre ne puisse jamais se retrouver; il y a en des villages obligés d'abandonner leurs foyers pour plusieurs années à cause d'un cadavre trouvé sur leur territoire.

Il y a des lois de police pleines de bon sens et d'utilité, que les villages observent, souvent dans les cas soumis à leur jugement; ils les insèrent ensuite dans le registre des règlements qu'ils ont faits pour eux-mêmes, et pour être principalement observés par tous ceux du village, qui ont signé et parafé ledit registre. Il y a, pour ceux qui ne s'y conforment pas, des peines très fortes et des amendes pécuniaires. De cette manière, on fait prompte justice, parce que les amendes qui sont en chair, en vin, ou en argent, tournent au profit commun du village, et que les jeunes gens qui y ont leur part sont toujours prêts à aller saisir les buffles, les bœufs ou les cochons du délinquant, aussitôt qu'un des anciens leur en donne l'ordre. Quand ils ont fait cette saisie, ils amènent le tout à la maison commune du village, où il y a toujours des couteaux prêts pour égorger les animaux ainsi amenés, et comme tout individu est boucher, l'opération est bientôt faite. Il faut que celui qui a violé le règlement de police vienne promptement, ou, à son défaut, sa femme ou un de ses enfants, offrir compensation pour ravoir le buffle, le bœuf ou la vache dont ils sont, disent-ils, accoutumés de se servir pour labourer. Par le moyen de ces confiscations faites sans l'intervention du juge, il y a de très grands villages, même tous païens, qui sont parvenus à établir, de père en fils, une police exacte et admirable; on ne perd pas le moindre fruit, quoique les arbres soient sur le passage public; on n'ose pas prononcer à haute voix la moindre malédiction, ni entrer sans témoins dans la maison de filles ou veuves, ou bien des femmes dont les maris sont absents. Si cela arrivait à quelqu'un, son cochon serait expédié dans l'espace de quelques heures par les jeunes gens du village qui, dans plusieurs cas manifestes, n'ont pas besoin de l'ordre des anciens pour punir l'infraction au règlement de police ; un témoignage authentique est suffisant pour cela. Alors, après avoir lié et frappé le délinquant à coups de rotins, on se met à cuire son cochon dans sa propre cour, se servant de son bois, de son chaudron, pour faire le festin dont il reste spectateur oisif. Après le repas, s'il n'est pas content de ce jugement provisoire, on le conduit à la maison commune du village, où il doit présenter une table servie de bouchées de bétel et d'arec, avec un pot de vin, pour occuper les mâchoires des anciens, tandis qu'ils écoutent son plaidoyer. Ordinairement ils finissent par condamner le complaignant à faire aux esprits spirituels protecteurs du village une amende honorable, aux anciens des saluts ou prostrations, et des excuses à la classe des jeunes gens avec une prière de ne point imiter sa conduite. Si l'accusé mécontent court au tribunal du bailliage pour appeler de la sentence portée contre lui et exécutée, le mandarin le renvoie aux chefs du village, surtout dès qu'il s'agit d'un cas exprimé dans le règlement de police, il n'a pas le pouvoir d'en prendre connaissance, ni même d'improuver le jugement déjà porté (1).

DE LA BISSACHÈRE, *Relation sur le Tonkin et la Cochinchine*, p. 142-146.

Une femme modèle.

Dans ce lieu (2) résidait autrefois une femme aussi recommandable par ses vertus que par sa bonté ; elle était la joie de son époux ; ses enfants la chérissaient ; ses serviteurs la regardaient comme la meilleure des maîtresses, et les malheureux la bénissaient comme une providence. Elle était assise là, sur cette estrade, entourée de ses suivantes ; ses jambes étaient ployées et son

(1) Il serait de mauvais goût de relever les négligences de style dans les trois passages écrits par de La Bissachère. Leur forme laborieuse est mieux faite pour provoquer la curiosité des érudits que l'enthousiasme des personnes sensibles aux beautés littéraires. Et cependant, ces extraits, tels qu'ils sont, ont excité en France, un intérêt qu'obtiendraient difficilement la plupart des relations de voyages modernes, si supérieures par la valeur esthétique, mais si vides de documentation.

(2) Dans l'habitation de J.-B. Chaigneau à Hué.

coude légèrement appuyé sur un coussin carré en soie bleue. Elle était vêtue d'une large robe en soie blanche, à manches traînantes, et, par-dessus celle-ci, d'une autre robe en soie violette; un large pantalon en satin noir descendait jusqu'à la cheville, laissant les pieds presque à découvert; sa tête était entourée d'un turban en crêpe bleu, qui encadrait son visage, dont les traits annonçaient la bonté et la bienveillance; à ses oreilles pendaient deux boucles en or, ciselées à jour; ses bras étaient garnis chacun de plusieurs bracelets, les uns en or, les autres en chapelets composés de boules d'ambre. Ses sandales étaient posées négligemment au bas de l'estrade, et, devant elle, un éventail chinois à demi ouvert. Un plateau supportait sa boîte de bétel en écaille, et un petit panier en bambou remarquablement travaillé, que j'appellerai « le trésor des pauvres », car il renfermait de l'argent destiné aux malheureux, que les soldats avaient la consigne de laisser passer quand il s'en présentait.

Hélas! elle n'est plus dans ces lieux, cette sainte femme!... Je m'arrête un moment, et j'en demande pardon à ceux qui ont bien voulu me suivre jusqu'ici, ne pouvant maîtriser mon émotion en revoyant ces lieux si pleins des souvenirs de mon enfance et de cette tendre mère, si digne de mon respect et de mon amour. Que ces quelques larmes, que je répands ici en son souvenir, parviennent jusqu'à elle, larmes dont la source est dans le cœur et qui ne tariront qu'avec moi!

Michel Đức CHAIGNEAU (1), *Souvenirs de Hué*, p. 35-37.
(Paris, Imprimerie Impériale, 1867.)

---

(1) Michel Đức Chaigneau, fils aîné de J.-B. Chaigneau et de Hồ-thị-Huệ, naquit le 25 juin 1803 à Hué, où il passa toute son enfance entre ses parents et son maître de caractères, Thầy Hừa, dans une maison de Phú-cam. Parti en France en 1820, il retourna en Cochinchine la même année et ne rentra définitivement dans le pays de son père qu'en 1825. Dès le 18 mai 1827, il entra dans le service des contributions indirectes et travailla successivement comme commis à pied au Havre, aux Batignolles, à Charonnes, expéditionnaire au service du personnel des contributions au Ministère des Finances, vérificateur, contrôleur de ville, puis commis dans l'administration centrale des Finances, en 1858, quand avaient lieu les premières guerres de conquête. Voulant faire connaître aux Français le pays qu'il aimait, il écrivit plusieurs articles sur l'Indochine : *Le royaume de Cochinchine*, et un article sur les usages annamites dans le *Constitutionnel* en novembre 1858; l'état des femmes en Cochinchine dans le *Moniteur de la Flotte* du 19 décembre 1858. Ces articles furent reproduits plus tard dans les *Souvenirs de Hué*. Ces souvenirs, qui, au dire de M. Salles, sont « d'un grand intérêt pour quiconque s'occupe de

Sacrifice au ciel.

Tous les ans, vers le mois de mars, le roi offre au ciel un sacrifice que les Annamites appellent le *té nam-giao* (1) (sacrifice du cône méridional). Ce sacrifice, d'après les prescriptions de Confucius, doit être fait du côté du midi de la capitale. Le *té nam-giao* est la cérémonie la plus imposante, la plus solennelle de l'année ; on y déploie tout le luxe imaginable pour rendre le cortège du roi aussi brillant que possible ; on fait sortir, pour ce jour là, tout ce que les magasins de la couronne renferment de plus beau, en armes, en équipages et en ornements. Le roi fait venir à Hué, de toutes les provinces de son royaume, des éléphants pour augmenter son cortège et des soldats pour former la haie depuis la porte du palais jusqu'au lieu du sacrifice, qui est à une distance de six kilomètres au moins.

Près des montagnes, dans la direction du Sud de la ville de Hué, au milieu d'une plantation de pins (2), s'élève un cône tronqué, avec des marches tout autour. Très

---

l'histoire franco-annamite, et dénotent chez leur auteur, outre une mémoire très précise, un inaltérable attachement pour le pays de sa naissance », parurent en 1867. La même année, il fut admis à la retraite, après 37 ans de service. Appelé, en 1873, à suppléer Abel des Michels à l'École des Langues orientales, il publia en 1876 la traduction de deux poèmes cochinchinois sur la guerre franco-annamite : *Thơ Nam-kỳ* (ou *Lettre cochinchinoise...*), et *Thơ tiếp theo thơ Nam-kỳ* (*Suite de la Lettre annamite, poëme sur la conduite des jeunes Annamites après la guerre*). Quand Abel des Michels eut réoccupé sa chaire, Chaigneau se retira à Paris pour s'y éteindre dix-huit ans plus tard, le 14 avril 1894, à l'âge de 91 ans. (Cf A. Salles, *J.-B. Chaigneau et sa famille*, Bulletin des Amis du Vieux Hué, 1923, janvier-mars.)

(1) « C'est en 1806, dit le P. L. Cadière dans ses *Documents historiques sur le Nam-giao* (Bulletin des Amis du Vieux Hué, 1914, p. 63), que Gia-Long fit construire le tertre du Nam-giao, vulgairement appelé « esplanade des sacrifices », parce qu'il sert d'autel pour le grand sacrifice que le roi d'Annam offre au Ciel, à certaines époques déterminées. » — Sur le sacrifice du *Nam-giao*, on consultera avec profit, dans le n° 2, avril-juin 1915, du *Bulletin des Amis du Vieux Hué*, les articles documentés de MM. L. Cadière et R. Orband. Cf. aussi *le Nam-giao* par Alfred Meynard dans *Extrême-Asie*, mai 1927.

(2) « Les pins qui sont dans l'enceinte du Nam-giao ont été plantés d'après les ordres de Gia-Long, dans la 5e année du règne de cet empereur. C'est à cette époque que fut changé l'emplacement sur lequel se célébraient les cérémonies faites en l'honneur du Ciel et de la Terre et que celles-ci furent organisées au lieu qu'occupe le Nam-giao actuel. Un groupe de ces pins qui se trouve dans la première enceinte, côté Sud, personnifie l'empereur, fondateur de la dynastie, chaque arbre isolé représentant soit un prince, soit un mandarin civil ou militaire ayant participé à l'œuvre de la restauration de l'empire. Chaque arbre doit porter suspendu au tronc une

large à sa base, il s'amoindrit progressivement, et s'arrête à une certaine hauteur, pour former une plate-forme de 30 mètres environ de circonférence. Cette plate-forme est surmontée d'une tente en coton bleu, pour représenter le ciel, et c'est sous cette tente que le roi offre son présent.

Comme il s'agit d'attirer les bénédictions du ciel sur le souverain et sur son peuple, le roi sacrificateur, avant de se présenter à l'autel, doit se purifier, en s'imposant certaines privations pendant vingt-quatre heures. Le jeûne lui est prescrit: aussi se borne-t-il à un léger repas le soir; il doit quitter son lit somptueux, pour se coucher par terre, comme un pécheur qui s'humilie devant le ciel, et il se contente d'une natte pour sa couche; enfin il passe ces vingt-quatre heures loin de son palais et de son sérail, dans une habitation isolée, préparée pour cet usage tout près de l'endroit où le sacrifice doit avoir lieu.

La veille du jour de la cérémonie, le roi quitte son palais dans la matinée, et se dirige en grande pompe vers cette habitation, précédé et suivi d'un nombreux cortège (semblable à une armée d'apparat) (1), dont la tête se tient de l'autre côté du fleuve, en attendant son arrivée pour se mettre en mouvement. Cette tête de cortège est ainsi composée: deux lignes d'une vingtaine d'éléphants armés en guerre et formant la haie de chaque côté; deux ou trois cents soldats portant de longues lances ornées de drapeaux (ces drapeaux, de formes diverses, sont en soie de différentes couleurs, et quelques-uns portent des inscriptions en lettres chinoises) (2), et marchant pêle-mêle; des tam-tam, des cornes de buffle, instruments dont le son, fort désagréable, ressemble assez à celui

---

plaque en bronze ou en pierre portant inscription ou impériale, ou princière, ou le nom du mandarin civil ou militaire qu'il est chargé de représenter. Dans l'enceinte du *trai-cung* ou « palais du jeûne », l'empereur Minh-Mạng a commencé à planter de sa main les dix premiers pins portant des plaques de bronze avec des inscriptions impériales. L'empereur Thiệu-trị en a planté semblablement onze. » (Nguyễn-đinh-Hòe, *Note sur les pins du Nam-giao* in *Bulletin des Amis du Vieux Hue*, 1914, p. 73.)

(1) Ce cortège comprend, en principe, trois « corps », dits *liền đạo, trung đạo* et *hậu đạo* (corps d'avant, corps du centre et corps d'arrière).

(2) Ce sont des drapeaux de parade et des étendards religieux. Ces derniers symbolisent les uns, les cinq planètes (*ngũ linh*): Vénus, Jupiter, Mercure, Mars et Saturne (Kim, Mộc, Thủy, Hỏa, Thổ); les autres, les 28 constellations zodiacales de la cosmographie chinoise (*nhị thập bát tú*), etc.

qu'on entend en France, dans les rues, pendant le carnaval ; des tambours avec des hautbois pour les accompagner ; plusieurs régiments de soldats, avec des uniformes plus ou moins bariolés, et armés de lances dont le manche est surmonté de plusieurs touffes de crin rouge ; encore des tam-tam et des tambours, des régiments de fusiliers, une énorme bannière avec des inscriptions chinoises, retenue par un bâton transversal, attaché à l'extrémité d'un mât fixé sur une table que portent quatre soldats ; encore quelques centaines de drapeaux, comme au commencement, et la tête du cortège est terminée par deux lignes d'éléphants.

Sur la rive opposée, on voit, à la porte du palais du roi, deux rangées d'une douzaine d'éléphants de chaque côté, formant la haie à droite et à gauche, une multitude de troupes de toutes armes, massées par ordre pour prendre rang dans le cortège ; au bord du fleuve, trois ponts en bois, au bout desquels sont des bateaux plats, attachés ensemble, que l'on doit tirer d'une rive à l'autre, au moyen de câbles et de cabestans posés des deux côtés pour le passage du cortège.

Pour toute autre cérémonie, même pour une sortie ordinaire, le canon annoncerait le départ du roi ; mais, pour le *tế nam-giao*, tout doit être muet jusqu'à la consommation du sacrifice, et la marche de la troupe même ne doit être réglée par aucun instrument.

Lorsque l'heure du départ est sonnée, et que le roi se dispose à quitter son palais, on entend crier, d'une voix sonore et perçante, le mot *dậy* ! (gare !). Les éléphants se mettent alors en marche, et l'on voit sortir deux files de douze gentilshommes de chaque côté. Ils sont vêtus uniformément d'une robe en soie bleue brochée, boutonnée sur le côté et tombant jusqu'au mollet ; ils ont sur le front une bande de crin noir tressé à jour, et sur la tête un bonnet bleu foncé, rehaussé de dessins et d'une plaque ronde en argent ciselé à jour sur le devant de la tête. Ces hommes portent sur leur épaule droite un long sabre dans son fourreau, et ils trottinent en observant les distances et en criant par intervalle, chacun à leur tour, le mot *dậy*.

Après les gentilshommes paraît le roi, assis sur un trône doré, surmonté d'un dais en soie jaune et porté par huit hommes au moyen de bâtons peints en rouge et dorés, adaptés aux quatre pieds du trône. Le roi est vêtu tout en jaune ; il a une longue robe en soie jaune à grands ramages de la même couleur, un pantalon, une ceinture et des bottes également jaunes, et un bonnet en crin noir tressé, surchargé de plaques en or ciselé et enrichies de pierreries. Autour de lui, on voit quatre hommes tenant ouvert chacun un parasol jaune à larges volants ; des porteurs de grands éventails en plumes, qui lui envoient à chaque instant des bouffées d'air pour le rafraîchir ; des domestiques qui agitent sans cesse des queues de chevaux montées sur des manches en bois peint en rouge. pour empêcher les mouches et d'autres insectes d'approcher de sa personne ; des hommes portant de longs bâtons revêtus de couleur rouge et surmontés d'une main fermée, en bois peint en couleur de chair ; enfin d'autres domestiques portant son réchaud, son bétel et son tabac. Viennent ensuite des joueurs de flûte, son éléphant favori, brillamment orné, son palanquin ordinaire, ses chevaux, une voiture à l'européenne, vide et attelée d'un cheval, puis un régiment de lanciers à pied de la garde.

Pendant que le centre, où se trouve le roi, se dirige lentement vers le pont du milieu, les troupes se déploient, et chaque section prend son rang pour se rendre aux deux autres ponts. On voit passer d'abord, comme au commencement du cortège, des porteurs de drapeaux et une grande bannière, des tam-tam, des tambours avec leurs hautbois, et plusieurs régiments de lanciers à pied. Arrivent ensuite : un régiment de fusiliers, dont les hommes sont coiffés d'un chapeau à l'européenne, à large bord. et surmonté d'un boudin au milieu de la partie supérieure du cylindre ; encore quelques centaines de porteurs de drapeaux, et des régiments de la garde, fusiliers et lanciers à pied. Enfin un nombre considérable d'éléphants ferme ce long cortège. qui se déploie sur plus d'un kilomètre de longueur. Ces quadrupèdes, conduits par leurs cornacs, traversent le fleuve à la nage, et arrivent à l'autre rive presque toujours en même temps que le cortège.

C'est ainsi que le roi Gia-Long et son successeur Minh-Mang s'acheminaient solennellement vers cette habitation, où, tous les ans, ils venaient passer tristement vingt-quatre heures (1). Là, pendant ce temps d'abstinence, ils ne don-

---

(1) D'après le P. L. Wieger, le culte qu'on rendait en Chine au Ciel, au Sublime Souverain, était simple et expressif. « On lui immolait des victimes. ordinairement un bœuf. On l'avertissait des événements majeurs, en allumant un bûcher sur la cime d'une montagne. La fumée était censée porter au Ciel la communication qu'on voulait lui faire. On s'inquiétait beaucoup de savoir s'il était content ou mécontent, favorablement ou défavorablement disposé. Pour cela, on examinait les corps célestes et

naient audience qu'à un très petit nombre de mandarins, et ne se livraient à aucune promenade, bien que les sites dans cet endroit fussent assez beaux...

Une animation inaccoutumée régnait pendant la journée sur tout le parcours de la route. Les soldats qui formaient la haie le matin avaient quitté leurs lances et les avaient piquées en terre à la place qu'ils avaient occupée: les uns se mêlaient aux curieux qui allaient voir le cône ou qui en revenaient; ceux-ci s'extasiaient sur la magnificence du cortège royal, ceux-là énuméraient toutes les belles choses qu'ils avaient remarquées; les autres s'accroupissaient au bord de la route, auprès de leurs lances, et étalaient devant eux leur maigre repas. C'était tout simplement du riz cuit la veille, pressé en un cylindre compact, dans une enveloppe d'aréquier, et assaisonné d'un peu de sel et de piment. Ils mangeaient cette substance fondamentale de leur nourriture avec un appétit qui ferait envie aux estomacs paresseux. Ceux des soldats qui possédaient, dans les plis de leurs ceintures, quelques sapèques, se procuraient un petit poisson salé ou un œuf dur, qu'ils mordaient avec leur riz. Si, dans ces moments où l'homme est tout entier à son estomac, un mandarin passait, accompagné d'un cortège faisant lever un épais nuage de poussière saupoudrant hommes et aliments, les soldats, fidèles à leur devoir, se levaient prestement pour saluer son excellence au passage; puis, aussitôt après, ils secouaient leurs tuniques, soufflaient sur leur riz, et recommençaient leur repas avec le même appétit qu'auparavant, sans donner la moindre marque de contrariété, tant ils étaient habitués à l'obéissance et à la résignation. Partout s'élevaient des buvettes, devant lesquelles se tenaient debout des militaires et des particuliers, les uns buvant, les autres attendant leur tour d'être servis. Dans ces établissements, on voyait des individus, dont le visage était enluminé par la chaleur et couvert de sueur, qui agitaient leurs éventails pour activer le feu de plusieurs fourneaux. Le thé qui sortait de ces établissements était rarement bien fait pendant ces jours de fête, mais personne ne s'en plaignait. Heureux ceux qui pouvaient se

les météores terrestres; on flambait des écailles de tortue, et l'on conjectura d'après les craquelures produites. Le choix de ce dernier mode de divination fait bien comprendre ce que l'on prétendait. La carapace dorsale bombée de la tortue figurait le ciel, sa plaque ventrale plate la terre, l'animal entre les deux figurait l'homme. On voulait apprendre la *voie du ciel*, disent les textes, ce que le Ciel préparait, ce qu'il désirait. » (*Christus*, p. 134.)

faire promptement servir, surtout dans certains moments
de la journée!

Après le coucher du soleil, toute la route ainsi que
le cône étaient illuminés au moyen de cierges jaunes;
ceux qui entouraient le monument étaient d'une grosseur
prodigieuse. Cette illumination est entretenue pendant la
nuit jusqu'au moment où la cérémonie est terminée. De
distance en distance, on voyait des autels dressés en
l'honneur du ciel par les soins des maires des villages
voisins de la route et des propriétaires riverains. Sur ces
autels étaient deux flambeaux portant deux cierges allumés,
et un réchaud où brûlait de l'encens. Au bas des degrés
du cône, se trouvaient également plusieurs autels, plus
élégants et mieux garnis que les premiers, et qui étaient
érigés par les hauts fonctionnaires du royaume.

Pendant six mois avant la fête, on élevait par ordre
du roi, avec le plus grand soin et avec des marques
d'honneur, deux buffletins, dont le plus beau devait être
offert au ciel, et l'autre suppléer au défaut du premier,
en cas que (1) celui-ci vînt à mourir avant le sacrifice.
Ces jeunes buffles avaient pour logement un hangar
propre et élégant, et des domestiques spéciaux les servaient respectueusement, comme des objets destinés au
ciel. Lorsqu'ils paissaient dans de verts pâturages réservés,
les domestiques les suivaient avec des parasols jaunes
ouverts, pour leur faire honneur. Une nourriture choisie
et abondante leur était présentée sans cesse en dehors
des heures de sortie, et ils ne se désaltéraient pas, comme
les êtres de leur espèce, avec l'eau des ruisseaux, mais
ils buvaient dans des vases élégants présentés par leurs
serviteurs.

Un peu avant l'aurore, le roi se revêt de son plus
brillant et très pesant costume: robe en magnifique satin
de couleur jaune orange, chargée de broderies en or le
plus pur, représentant un dragon avec sa large tête, sa
longue queue et ses cinq griffes; ceinture massive, couverte en soie jaune et garnie de plusieurs ouvrages en
or ciselé, semblable à des tabatières longues; grosses
bottes, à haute semelle en carton, couvertes en soie jaune
brodée d'or, et un bonnet en or ciselé, surmonté de

---

(1) *En cas que* est vieilli. *Au cas que* est également presque tombé en dé-
suétude : « Elles attendaient le Roi, au cas qu'il se décidât à la fuite » (Michelet,
Histoire de la Révolution française, t. I, p. 412). On dit plutôt maintenant : *au cas où*.

deux fanons, également en or ciselé, et placés debout au-dessus des oreilles. Il se rend à pied, d'un pas grave et mesuré, au lieu du sacrifice. Les princes, en robe rouge écarlate, et les mandarins, en robe bleue, verte ou violette, le suivent du même pas, chacun selon son rang; mais tous observent le silence le plus complet. Ils arrivent ainsi au pied du cône; là, pendant que les princes et les mandarins prennent place en faisant cercle sur les degrés inférieurs du monument, les princes, sur le premier rang, les mandarins, ensuite, d'après l'ordre de préséance, le roi en monte péniblement les marches. Derrière lui, des domestiques conduisent le plus gros des deux buffles élevés depuis longtemps avec tant de soins et de respect; deux le tirent par devant, deux le poussent par derrière, pour le contraindre à suivre le roi. Mais, l'animal, habitué jusque là à des égards et à des douceurs, et surpris de cette brutalité subite, se montre récalcitrant et parfois irrespectueux. Il faut pourtant céder à la force, ce qu'il fait, mais non sans avoir poussé quelques beuglements inconvenants et laissé quelques traces de son émotion.

Sur la plate-forme, se trouve une table avec trois verres et un flacon plein d'une liqueur limpide; a côté se tient debout un homme faisant les fonctions d'échanson: sur l'ordre du roi, cet homme prend le flacon et en fait couler le liquide dans les trois verres, qu'il remplit jusqu'au bord. Les fonctions d'échanson, dans cette circonstance, exigent beaucoup d'adresse et de précision; car celui qui en est chargé peut recevoir une grande récompense, s'il a bien rempli les verres sans répandre sur la table une seule goutte de liqueur, comme il peut être puni sévèrement dans le cas contraire. Il serait même possible que, par suite d'une grande maladresse, l'échanson fût condamné à la peine capitale, comme victime en expiation de sa faute, qui pourrait, présume-t-on, indisposer le ciel contre le souverain et son peuple. Après s'être assuré par lui-même de l'accomplissement régulier de l'office de l'échanson, et de la présence du buffle sur la plate-forme, le roi lève humblement ses deux mains vers le ciel, lui adresse ses prières et se prosterne cinq fois le front contre la terre, en se relevant à chaque fois. Alors une troupe de *thäng-binh* (chanteurs), exercés depuis longtemps, pour cette cérémonie, par des répétitions fréquentes, et accompagnés par des joueurs de flûtes et par un autre instrument, qui a quelques rapports avec le violon, entonne une cantate en l'honneur du ciel. Quand le roi a terminé ses cinq salutations, les princes, qui se trouvent sur les degrés du cône, se prosternent également cinq fois. Les mandarins, eux aussi, doivent offrir une victime au Ciel, et cette victime est un buffle. On amène ce buffle jusqu'à la base du monument, et l'un des grands mandarins présents, prenant la parole au nom de tous, prie le ciel d'accepter l'humble offrande et leurs hommages, et tous ensemble, grands et petits mandarins, se prosternent cinq fois.

À une encoignure de l'enceinte du cône, est un cylindre en maçonnerie, semblable à l'ouverture d'un puits de large diamètre. Dans ce cylindre se trouve un bûcher en bois de cannelle, préparé symétriquement pour recevoir la victime, dont les cendres doivent être préservées de toute profanation par ce cylindre. Après les dernières salutations, on descend du cône le buffle royal, on le lie, on le garrotte, et, malgré ses plaintes et ses gémissements, on le jette sur le bûcher, dont la flamme ne tarde pas à le réduire en cendres. Les trois verres de liqueur sont également descendus, et des hommes préposés au sacrifice en répandent le contenu sur le bûcher.

Pendant que le buffle royal se débat au milieu des flammes, on égorge celui des mandarins puis on le coupe en morceaux, que les mandarins se partagent entre eux pour avoir un souvenir de la fête. Cette cérémonie ainsi terminée, le roi quitte la plate-forme et reprend le chemin de la ville, précédé et suivi du même cortége que la veille, avec cette différence que les instruments se taisaient hier et qu'aujourd'hui tam-tam, tambours, hautbois, flûtes et cornes de buffle se font entendre sur toute la route.

Michel Đức CHAIGNEAU, *Souvenirs de Hué*, p. 94-105.

Combats de tigres et d'éléphants.

Ces combats, dont les Annamites sont très amateurs, offrent un spectacle des plus émouvants par l'anxiété qu'on éprouve en voyant des colosses tels que les éléphants aux prises avec le roi des animaux (c'est ainsi que les Annamites désignent le tigre), si redoutable par sa force, sa ruse et sa légèreté. A la vérité, on a soin de faire subir à ce dernier, avant le combat, certaines mutilations pour le mettre, autant que possible, dans l'impossibilité de blesser, non seulement les éléphants, mais encore les hommes qui les montent. On lui coud les lèvres, on lui coupe les griffes, on lui enveloppe les pattes dans un sac de cuir, et on lui attache au cou un long câble retenu par un piquet fortement fixé dans la terre, au milieu d'un petit bois improvisé. Mais ces précautions ne suffisent pas toujours pour prévenir des accidents fort regrettables. Lorsqu'un tigre a perdu sa vigueur ordinaire, par suite d'un séjour trop prolongé dans sa cage, les mutilations qu'on lui fait subir achèvent de l'anéantir, et, dans ce cas, le combat, j'en ai vu plusieurs de ce genre, ne dure pas longtemps et ne cause jamais d'accidents. Le cornac pousse vers le petit bois l'éléphant qui doit entrer en lutte; celui-ci, flairant son ennemi, hésite; son conducteur le maintient. Cependant le tigre ne bouge pas, il se cache, parce qu'il sent que ses forces affaiblies ne lui permettent pas de se présenter devant les redoutables dents de son adversaire. On crie, on frappe des mains et des pieds pour l'effrayer. Il se présente enfin, mais avec insouciance, et non avec cet air fier d'autrefois; il voit avec crainte avancer celui qu'il eût méprisé dans d'autres moments et dans d'autres lieux; mais, n'apercevant aucun moyen de salut, il se décide et s'avance comme pour sauter sur l'éléphant. Celui-ci, avec ses défenses, le jette à quelques pas de lui, et ne se contenterait pas de cette première victoire, si son cornac ne le retenait pour prolonger le spectacle et pour laisser la place à un autre combattant. Pendant ce court intervalle, le tigre se relève; ranimé par le danger, il ramasse toutes les forces qui lui restent, et se présente, cette fois, comme enragé, bien décidé à faire payer cher sa vie. A peine son second adversaire s'approche-t-il de lui que, d'un bond, il s'élance sur sa trompe et s'y cramponne. L'éléphant, saisi d'épouvante et d'horreur au contact antipathique de cet être qu'il hait autant qu'il le redoute, pousse un cri affreux, et cherche à se débarrasser de cette étreinte. Cependant le tigre, privé des armes que la nature lui a données, est bientôt forcé de lâcher prise et de se laisser tomber : l'éléphant saisit alors le moment favorable, ramasse son adversaire avec ses défenses et le jette en l'air. On continue ainsi jusqu'à ce que le tigre soit entièrement mort.

Mais quand on fait combattre un tigre nouvellement pris et qui a conservé toute son énergie, bien qu'il soit privé de ses griffes et de ses dents, il a encore assez de force et de ruse pour occasionner parfois de graves accidents. Sous le règne de Gia-Long, j'ai assisté, étant dans le bateau de mon père (¹), à l'un de ces spectacles, dont le résultat a été funeste à un cornac et à plusieurs des soldats qui entouraient le lieu du combat. Le tigre qu'on mettait en présence des éléphants avait déjà fait plusieurs victimes lorsqu'il fut pris dans un piège ; aussi voulut-on que son exécution eut lieu avec le plus de pompe possible, et il y avait, ce jour là, un public fort nombreux. Ce tigre était d'une taille peu ordinaire ; il semblait ne rien redouter, et, lorsqu'on le fit sortir de sa cage, il bondissait, cherchant à rompre son câble. Mais, ne pouvant y réussir, il se cacha et se résigna momentanément. Cependant un éléphant, poussé avec vigueur par son cornac et son piqueur, avançait à grands pas, et déjà il était près du petit bois où le tigre se tenait blotti, lorsque celui-ci, comme un trait, s'élança sur la tête de son agresseur, et, avec sa patte de fer, appliqua sur la tempe du cornac un coup tellement violent, qu'il l'étourdit et le fit tomber à terre. Pour comble de malheur, l'éléphant, ne se sentant plus dirigé, rebroussa chemin, et, dans sa fuite, passa sur le corps du pauvre cornac. Un cri d'horreur se fit entendre de toutes parts. Les soldats emportèrent le corps de ce malheureux, et l'on se prépara à un nouveau combat. Un autre éléphant fut désigné pour entrer en lutte : mais, cette fois, on eut soin de placer, dans la tour qui se trouvait sur son dos, des hommes debout avec des piques dont la pointe était dirigée du côté du cornac, et de ne laisser approcher l'éléphant qu'à une distance assez voisine du tigre, pour qu'il pût l'enlever avec ses défenses, mais assez éloignée pour qu'il fût impossible à ce dernier de s'élancer une seconde fois sur l'éléphant. A peine encore pouvait-il atteindre son agresseur, que le tigre, furieux, se précipita au devant de lui, comptant sans doute plus sur sa ruse et sur sa force que sur ses moyens de défense ; mais se sentant retenu par son câble, sa fureur devint extrême : il bondissait de colère, il se débattait avec rage, et, par un suprême effort, il rompit le lien qui le retenait captif. Ce fut un moment affreux pour ceux qui étaient présents à ce combat ; il y eut un désordre général parmi les soldats comme parmi les curieux. Ceux-ci surtout, effrayés, voulant éviter la

____

(¹) Sur le père de l'auteur, v. plus loin, p. 43 n. 1.

rencontre de l'animal furieux, prirent la fuite, renversant, culbutant tout ce qu'ils rencontraient, bravant ainsi un danger réel pour éviter un danger inconnu. Le tigre se voyant libre, abandonna son adversaire. Sans doute, sa préoccupation du moment était de regagner les montagnes : aussi chercha-t-il avec persistance à se frayer un passage, malgré la gêne que lui faisaient éprouver ses entraves ; il fit, en courant, le tour du champ de combat ; partout il voyait des lignes épaisses de soldats qui le menaçaient avec leurs piques et leurs sabres. Mais, payant d'audace et bravant tous les obstacles, il avait déjà réussi à se faire une trouée dans la première ligne de soldats, après avoir blessé quelques-uns d'entre eux, lorsque le mandarin chargé du commandement de la troupe fit entendre un gros jurement : « Si vous ne me reprenez à l'instant cet animal, dit-il à ses soldats, je vous fais trancher la tête à tous. » A ces paroles menaçantes, les soldats se précipitent sur le tigre ; celui-ci s'échappe de leurs mains, non sans avoir causé quelques accidents ; ils le reprennent une seconde fois, l'animal s'échappe encore ; enfin, pour éviter de plus grands malheurs, le mandarin donna l'ordre de le tuer. Alors une forêt de piques tombèrent sur lui et il fut percé de part en part. On le traîna sans vie près du buisson, où l'on fit venir plusieurs éléphants qui le jetèrent en l'air chacun à son tour, et le dernier finit par le fouler avec ses pieds.

Michel Đức Chaigneau, *Souvenirs de Hué*, p. 62-66.

Le roi Gia-Long.

Le roi Gia-Long était d'une taille au-dessus de la moyenne, et paraissait d'une forte constitution physique ; sa vénérable tête de vieillard était bien proportionnée à sa taille, et sa figure, pleine de dignité et d'expression, annonçait une grande bonté d'âme ; il avait de fort bonnes manières et beaucoup d'aménité dans le caractère, surtout dans les entretiens familiers ; mais sa vivacité naturelle le faisait souvent passer de la bienveillance à des colères excessives, quand ses ordres étaient mal exécutés. Son teint était clair, ses yeux vifs, et sa barbe, entièrement blanche, était plus fournie que celle de la généralité des hommes du pays. Chacune de ses joues était ornée d'une verrue noire, entourée de barbe, formant de chaque côté, une petite touffe qui venait se joindre à la touffe principale, sans s'y mêler entièrement (1). Gia-Long était un homme de beaucoup d'esprit et de grandes conceptions (2). Éprouvé par le malheur, il avait appris à juger les hommes et les choses à leur juste valeur, et il connaissait les rouages administratifs du royaume mieux qu'aucun de ses ministres, qu'il prenait souvent en défaut. Mais, en dehors de ses discussions sérieuses, il était l'homme le plus gai, le plus affable de son royaume.

Michel Đức CHAIGNEAU, *Souvenirs de Hué*, p. 110-111.

Le salon de la reine.

Le salon de la reine m'a paru fort beau, autant par ses ornements que par son ameublement : partout brillaient la richesse et la propreté, et l'air qu'on y respirait était embaumé d'un mélange d'odeur suave d'essence de bois de santal, de fleurs et de fumée de cigarettes faites de tabac parfumé avec une petite fleur qu'on appelle *hoa-ngâu* (3). Bien que la nuit commençât à tomber, on pouvait encore distinguer parfaitement les moindres objets que renfermait ce lieu délicieux, les jalousies de quelques ouvertures étant relevées. Une estrade peu élevée, mais dont les côtés étaient chargés de sculptures dorées sur un fond peint en couleur rouge, se trouvait

---

(1) Son fils Minh-Vang, qui monta après lui sur le trône de Cochinchine, avait également les mêmes signes, placés de la même manière, ce qui faisait dire que c'était le type de la famille Nguyên. (*Note de l'auteur*)

(2) « Durant un quart de siècle, il a lutté sans trêve. Malgré les Tây-sơn, il a réussi d'abord à s'installer dans les provinces que ses ancêtres avaient patiemment gagnées sur le Cambodge. Par la prise de Hué ensuite (12 juin 1801), il a rétabli le pouvoir des Nguyên sur un territoire d'où ils avaient été chassés depuis vingt-six ans (10 janvier 1775) ; enfin, par la conquête du Tonkin, par son entrée à Hanoi (20 juillet 1802), il a ajouté le royaume du suzerain au fief du vassal et réalisé avec ampleur un projet que l'ancêtre de la famille n'eût jamais osé concevoir. Gia-Long est un véritable chef de dynastie ; il ne faut pas voir seulement en lui un héritier Nguyên, un membre d'une famille apparentée aux Lê, — ou, comme on le fait trop souvent, — un prince qui reconquiert son royaume. Ce serait diminuer son rôle : il s'est fait à lui-même son empire. Vingt-cinq années, il a subi l'épreuve de tous les malheurs, défaites, trahisons, fuites éperdues devant l'ennemi victorieux, humiliations de toutes sortes, — mais il a suscité le dévouement d'un homme tel que Pigneau de Béhaine qui l'a soutenu dans les revers et conseillé dans la victoire et, secondé d'officiers valeureux et fidèles, français comme Dayot, Vannier, Chaigneau, annamites comme Lê-văn-Duyệt, Nguyên-văn-Truong, Nguyên-văn-Toành, il a constitué son domaine, il en a réuni peu à peu les parties ; il a placé sous un même sceptre des pays de même langue qui vivaient séparés et il est le premier souverain régnant sans partage sur toute l'Indochine annamite agrandie au delà du Mékong. » (Ch.-B. Maybon, *Histoire moderne du pays d'Annam*, p. 349-350.)

(3) Fleur d'Aglé (*aglaia odorata* des méliacées).

placée devant une grande ouverture ayant vue sur un parterre. C'était le seul meuble pour s'asseoir qu'on y voyait; c'était le siège ou le lit de repos de la maîtresse du lieu. Les dames auxquelles la souveraine permettait de s'asseoir devant elle devaient se mettre sur des nattes, à un degré plus bas. La reine, en costume de satin jaune broché, était légèrement accoudée sur un coussin carré, couvert d'une étoffe de soie jaune brochée d'or, et avait autour d'elle un grand nombre de dames, à dents noires, vêtues de robes de soie de couleurs différentes, les unes coiffées d'un turban, les autres en cheveux; elles étaient toutes debout, nu-pieds et dans une posture respectueuse. L'ensemble de cette scène formait un aspect qui m'a paru magique et imposant.

La reine n'était pas jeune, mais elle était gracieuse, et son maintien avait beaucoup de dignité.

Michel Đức Chaigneau, *Souvenirs de Hué*, p. 116-117.

Théâtre royal.

Ce théâtre est un grand bâtiment rectangulaire, du même style et de la même construction que les autres édifices, sauf les distributions intérieures; le centre forme un grand carré destiné à la scène; à droite et à gauche, sont des estrades pour les mandarins admis; un bout du bâtiment sert de loge aux acteurs, et l'autre bout est réservé au roi et aux dames de la cour. Le compartiment des acteurs est séparé de la scène par une légère cloison ayant plusieurs ouvertures garnies de draperies. Près du centre de cette cloison, est une estrade sur laquelle se trouve un grand fauteuil devant une table; un dais est suspendu sur ce fauteuil, qui est destiné à l'acteur remplissant le rôle du grand personnage de la pièce. Devant les estrades royales, chaque travée est encadrée d'une bande de bois façonné, peint en rouge et garnie de jalousies. Les hommes de service, domestiques et autres, se tiennent debout derrière les mandarins, et les musiciens sont assis sur des estrades inférieures, près de la cloison du compartiment des acteurs, à la suite des estrades des mandarins.

Quand nous entrâmes dans la salle, le compartiment royal était encore vide. Mon père (1) prit place sur une

(1) Cf. *infra*, p. 41, n. 1.

estrade afférente à son grade, et, par dérogation à l'étiquette, à cause de la circonstance, il me fit asseoir près de lui. Bientôt on entendit derrière les jalousies un bruit sourd et confus de frôlements de robes, de voix féminines et de craquements produits par des pas humains sur les estrades: le roi et ses femmes venaient d'arriver. Le peu de lumière qui éclairait la salle et l'obscurité presque complète qui régnait dans le compartiment royal ne permettaient pas au regard de plonger à l'aise au delà des jalousies; cependant on pouvait encore distinguer quelques contours de visages et le mouvement continuel et monotone de vingt à trente éventails blancs, qui s'agitaient sans cesse, semblables à une nuée de grands papillons s'abattant sur des fleurs.

Une cinquantaine d'acteurs, à figure barbouillée de différentes couleurs, parmi lesquelles domine le rouge, et dans les costumes des rôles qu'ils allaient jouer, sortirent des deux côtés de leur loge et vinrent s'aligner sur plusieurs rangs devant les jalousies; ils se prosternèrent tous ensemble cinq fois, se mirent après à chanter en chœur un hymne guerrier, qui dura quelques minutes, puis rentrèrent dans leur loge. Alors les musiciens exécutèrent une espèce d'ouverture, qui ne ressemblait nullement à celle de *Guillaume Tell* ou à celle d'*Oberon*: grosse caisse, hautbois, flûtes, cornes de buffles, tous ces instruments faisaient entendre à la fois leurs sons discordants, et produisaient un vacarme diabolique et étourdissant, dont il est impossible de donner une juste idée à ceux qui n'ont pas encore éprouvé les effets de cette musique tapageuse. Quand les musiciens eurent achevé ce prélude, le spectacle commença.

Michel Đức Chaigneau, *Souvenirs de Hué*, p. 125-126.

Un bazar dans le faubourg de Hué.

Marchands et marchandes, debout ou accroupis par terre, étalent devant eux des denrées de toutes sortes, en invitant, de la voix, des yeux et des mains, les passants à s'arrêter. Ici sont des groupes de pêcheurs, aux traits brûlés par le soleil, à casaque brune, à pantalon descendant à peine à mi-cuisses, laissant voir deux jambes assez vigoureuses, mais passablement noires et crasseuses;

ils ont un chapeau conique et se tiennent derrière des paniers remplis de poissons se débattant encore contre la mort. Là sont installés des vendeurs de porc frais, qui détaillent aux chalands, sur une planche carrée, de la viande cuite et de la viande encore saignante. Plus loin, sont des épiciers, avec leurs cruches de sel et leurs petits pots de poivre, de piment ou d'autres aromates; des marchands de fruits, avec des espèces de plateaux de bambou chargés d'oranges, de goyaves, de bananes, etc. Dans un coin se trouvent des hommes et des femmes qui débitent des poissons salés et de la saumure, qu'on appelle *mắm* et *nước mắm*, et qui est si indispensable dans la cuisine annamite: ces produits, poissons et sauce, sont renfermés séparément dans de grandes jarres, dont le contenu exhale dans tout le bazar une odeur fort désagréable. Dans un autre coin, on voit des marchands de lentilles fermentées dans des jarres, avec une sauce dont l'odeur n'est pas moins suffocante que celle du *nước mắm*. D'un côté, se tiennent des marchands de thé, debout derrière une table garnie de tous les ustensiles nécessaires à leur industrie; de l'autre, des vendeurs d'eau-de-vie de riz, près d'une table basse, chargée de cruches de terre et de petites tasses de porcelaine. Auprès de cette table, des marchands de comestibles dressent leur cuisine ambulante, dont les abords sont souvent envahis par les consommateurs.

Michel Đức CHAIGNEAU, *Souvenirs de Hué*, p. 187-188.

Dans la rue de Chợ-Đuợc.

Cette rue (1) qui s'étend en droite ligne jusqu'au fleuve, où l'on trouve des bateaux de passage pour l'autre rive, est large et proprement entretenue par les boutiquiers et les bourgeois; mais, à mesure que l'on s'éloigne du côté où se trouve le bazar, les boutiques deviennent de plus en plus rares, et, vers le milieu, on n'y voit plus que des habitations particulières, dans des clos entourés de bambous. Grâce au voisinage de la rivière et de la ville, et au commerce de détail qui s'y fait, cette rue est

---

(1) Cette rue, comme toutes celles qui existent à Hué, ne porte aucun nom indicatif; les maisons ne sont pas même numérotées. La dénomination de Chợ-Đuợc s'applique à tout le quartier dans la circonscription duquel se trouve le bazar qui porte ce nom. (*Note de l'auteur.*)

fréquentée journellement par une foule d'acheteurs et de promeneurs de toutes les classes de la société, qui y circulent bruyamment en tous sens. Les uns emportent ce qu'ils viennent d'acheter; les autres s'arrêtent pour marchander les objets dont ils ont envie; d'autres encore prennent une ruelle qui les conduit à la rivière. Tantôt on voit d'élégants bourgeois, à double tunique de soie transparente, à pantalon de soie tombant à mi-jambes, à large chapeau conique, à bourses renversées sur le dos, circulant parmi des marchands ambulants, qui portent sur leurs épaules un long bâton, plat et flexible, aux extrémités duquel sont accrochés, en forme de balance, deux plateaux de bambou contenant différentes denrées; ces marchands trottinent le long des boutiques en imprimant, à chaque pas qu'ils font, un mouvement au bâton, qui s'abaisse et se redresse aussitôt, et qui fait baisser et relever les deux plateaux en même temps, sans que ces plateaux perdent leur aplomb et que les mouvements dérangent les objets qui s'y trouvent symétriquement placés. Ces hommes, et même des femmes, quoiqu'elles aient un air chétif, portent quelquefois des charges fort lourdes et avec une certaine aisance. Un de leurs bras sert à maintenir horizontalement leur bâton et l'autre remplit les fonctions de balancier pour conserver l'équilibre. Ils crient à chaque moment, d'une voix aigre, pour annoncer aux chalands leur genre de commerce. D'autres hommes et d'autres femmes, de la basse classe, portant, par le même procédé, chacun deux grandes jarres d'eau qu'ils viennent de puiser dans la rivière, passent côte à côte si prestement que l'on croirait assister à une course d'un nouveau genre. Tantôt des jeunes gens, que, à leurs habits et à leur tournure, on reconnaît, sans peine, pour appartenir à l'aristocratie, se promènent, à pied ou à cheval, séparément ou plusieurs ensemble, suivis de jeunes domestiques qui portent à la main les chapeaux, et, suspendues au cou, les bourses à bétel de leurs maîtres. Ces jeunes gens se dirigent du côté du fleuve où ils en reviennent (1), les cavaliers au trot dans le milieu de

---

(1) On dirait aujourd'hui : « Ces jeunes gens se dirigent du côté du fleuve ou en reviennent ». Dans la langue actuelle, écrit M. F. Brunot, « il faut, pour ne point donner de sujet à un verbe, qu'il soit intimement uni à un autre, de telle façon que les diverses actions soient pour ainsi dire les portions, les phases d'une action d'ensemble. Ex. : Il leur déroba des marches, occupa des passages avantageux, sacrifia quelque cavalerie pour donner le temps à son infanterie de se retirer en sûreté. Il sauva ses troupes (Voltaire, *Charles XII*, l. IV); — Alors elle fixa sur lui ses grands yeux bleus, pour une dernière prière sans doute; puis croisa les deux bouts.

la rue, et les piétons marchant à pas cadencés le long des boutiques, se donnant des airs d'importance, accordant parfois quelques sourires protecteurs aux jeunes boutiquières, et bousculant rudement ceux des passants qui ne se dérangent pas à leur approche. Quelquefois passe, à pas mesurés, un homme à figure fière, à barbe chétive et grisonnante, à turban noir négligemment mis et à longue tunique à larges manches, suivi d'un vigoureux individu portant en bandoulière une énorme boîte couleur marron (1): c'est un médecin du quartier qui se rend chez un malade. L'air préoccupé de l'élève d'Esculape ferait supposer que, chemin faisant, il cherche déjà le moyen de sauver son client, et cependant, sans respecter le recueillement du docteur, on l'aborde, on lui prend la main, on l'accable de questions: les uns lui demandent des nouvelles d'un malade en danger, les autres sollicitent de lui un avis sur une légère indisposition. Le docteur, sans se déconcerter, répond à tout ce monde avec (2) le ton qui convient à un homme de son importance, après quoi il fait un salut général et s'éloigne gravement, en donnant de temps en temps un coup d'œil au porteur de la boîte. Puis, on voit venir un grand mandarin qui se rend chez le roi ou qui regagne son habitation, accompagné d'une nombreuse escorte de soldats et de domestiques. Déjà ses deux piqueurs, qui précèdent le palanquin d'une vingtaine de pas, ont refoulé à droite et à gauche tout ce qui peut gêner le passage, et promeneurs et acheteurs de toutes conditions se serrent contre les boutiques; les

---

de son tartan, attendit une minute encore, et s'en alla (Flaubert, *Éducation sentimentale*, I, 315). En dehors de ce cas, lorsque, chez un écrivain comme Michelet, on rencontre des exemples où le pronom n'est pas exprimé, il n'y a pas lieu d'y attacher d'importance. Flaubert s'est enhardi jusqu'à écrire : Son père... écrivit, en fournissant les explications les plus précises, et terminait sa lettre par une badinerie (*Ib.*, II, 42). Ces cas, assez rares d'ailleurs, ne sont que des archaïsmes ou des fantaisies. D'ordinaire, si peu que les actions soient distinctes, quels que soient les rapports et les ligatures, chaque verbe a son sujet. Ex: Arnoux se plaignait de la cuisine; il se récria considérablement devant l'addition, et la fit réduire. (Flaubert, *Éducation sentimentale*, I, 11.)

(1) Les médecins en visite ont presque toujours avec eux une boîte renfermant cinq ou six tiroirs, divisés en plusieurs petits compartiments carrés, remplis de médicaments préparés, au nombre de 40 à 50 espèces différentes. Ils composent chez le malade le remède nécessaire à leur client, en assemblant, dans la proportion jugée convenable, un certain nombre de drogues applicables à la maladie. On fait bouillir le tout dans de l'eau pour en former une tisane qu'on donne à boire au malade. (*Note de l'auteur.*)

(2) On dirait aujourd'hui d'un ton, sur un ton. Toutefois, *avec* exprimant la manière est d'un usage courant. Ex. : Avec des airs empressés et entendus... ils allaient vers une tartane échouée (P. Loti, *Matelot*, II, 6); — Tout le monde vivait avec la même oppression, le même regret enfoui dans le silence (A. Daudet, *Jack*, 245).

chapeaux s'abaissent, les bourses voltigent, les cavaliers mettent pied à terre, et chacun se tient dans une posture respectueuse. Arrive le mandarin, assis, les jambes croisées, comme un tailleur, dans le filet de son palanquin, couvert de deux parasols, aspirant de temps en temps sa cigarette, qu'il tient coquettement à la main; ses yeux en coulisse jettent furtivement çà et là des regards sournois, et, pendant que sa main droite tient sa cigarette, sa main gauche caresse complaisamment son menton à peine garni d'une barbe clairsemée... Tel est l'aspect ordinaire de Cho-Dirge, où une nombreuse population trouve toutes les commodités de la vie.

Michel Đức CHAIGNEAU, *Souvenirs de Hué*, p. 189-193.

Aux environs de Huê.

Plus on avance du côté des montagnes qui forment la limite du royaume d'Annam, plus l'aspect devient aride et sauvage; il y existe peu de culture, et il y règne toujours un morne silence. De l'autre côté du fleuve, de distance en distance, quelques accidents de terrain, des buttes ornées de bouquets d'arbres, quelques rochers, quelques ravins, attirent les regards du promeneur; mais du côté où l'on se trouve, cet aspect sauvage n'est modifié par aucun mouvement de terrain jusqu'au pied des montagnes.

À une distance d'environ vingt kilomètres de la ville, existe une large route, bordée d'arbres des deux côtés, et très proprement entretenue par les soins du gouvernement. Cette route, qui a environ un kilomètre de parcours, prend naissance au bord du fleuve et conduit dans la direction des montagnes. En suivant cette route, qui est légèrement inclinée, et après avoir marché pendant un quart d'heure, on se trouve en face d'une immense pièce d'eau, qui ressemble à une gigantesque corbeille de nénufars, dont les larges feuilles surnagent à la surface du liquide, et dont les innombrables tiges s'élancent en droite ligne hors de l'eau, les unes surmontées d'un ravissant calice rose, à quatre pétales, qui exhale un léger et suave parfum, les autres garnies, à l'extrémité, d'une tête dépouillée de ses ornements, ayant la forme d'une pomme d'arrosoir, et renfermant, dans chaque alvéole, un fruit noir de la grosseur d'une noisette. Après cette pièce d'eau, on arrive au pied d'un large escalier de pierre, à l'extrémité duquel règne une terrasse en amphithéâtre, garnie de balustrades sur le devant, et bornée, dans le fond, par une chaîne de montagnes s'élevant rapidement de sa base à une grande hauteur, et formant un hémicycle de murailles gigantesques de verdure qui enclavent toute cette partie. Cette chaîne de montagnes est plantée régulièrement de pins, d'une essence importée de la Chine, dont le feuillage, d'une couleur différente de celle des arbres d'essences indigènes, — d'une nuance vert très foncé, — qui couvrent les montagnes voisines, forme dans l'ensemble du tableau un contraste assez original, et qui n'est pas sans agrément. De la terrasse on a devant soi un magnifique panorama. En tournant à gauche, on arrive à une esplanade entourée d'un mur d'appui, avec des balustrades, et ornée, du côté des montagnes, d'une multitude de corbeilles d'arbustes et de fleurs disposées symétriquement en un parterre dans lequel sont ménagées de larges allées, avec une place au milieu. Le côté de la rivière est réservé pour des monuments consacrés aux dépouilles mortelles de la famille royale. L'entrée de l'esplanade est sévèrement interdite au public, même aux mandarins, à moins qu'ils n'accompagnent le roi.

Michel Đức Chaigneau, *Souvenirs de Hué*, p. 197-199.

Un accident.

C'était le roi Gia-Long qui, par piété filiale, avait fait élever ce mausolée (1), et qui en avait dirigé lui-même les travaux, pendant lesquels son zèle avait failli lui coûter la vie. Afin de mettre les travailleurs à l'abri de l'ardeur du soleil, et de garantir en même temps les ouvrages en cours d'exécution, il avait fait construire, sur l'emplacement du monument à ériger, un hangar couvert de chaume, où il avait son cabinet. Le roi y venait souvent, et y passait chaque fois plusieurs jours, presque constamment au milieu des ouvriers. Un jour, dans l'après-midi, il faisait une chaleur accablante; l'atmosphère était chargée d'électricité; des nuages noirs s'amoncelaient sur l'horizon et s'avançaient majestueusement au-dessus des montagnes. Bientôt le ciel se cou-

____

(1) Mausolée de la reine, mère Gia-Long.

-vrit de ténèbres, comme pour rendre plus terrible le spectacle qui se préparait : un épouvantable orage éclata.

Toute l'artillerie céleste était en mouvement par intervalles, des éclairs illuminaient l'espace de leur feu éblouissant ; le tonnerre faisait trembler le sol et les montagnes, et la foudre tombait de toutes parts, avec un fracas effroyable. Subitement le vent souffla avec une violence extrême, soulevant des tourbillons de poussière, arrachant, dans sa course furibonde, tous les objets qu'il rencontrait et les faisant voltiger dans les airs.

Cependant rien encore ne faisait prévoir une catastrophe, et ceux qu'abritait le hangar se flattaient d'être en sûreté, lorsque tout à coup un craquement général se fit entendre dans la toiture. A ce bruit sinistre, avant-coureur d'un inévitable désastre, l'effroi s'empare de tous : roi, mandarins, ouvriers, chacun cherche son salut dans une fuite précipitée ; on court, on crie, on se bouscule, et, dans la terreur générale, la personne royale n'est plus qu'un simple mortel cherchant à éviter une mort imminente. Mais hélas ! il est trop tard ; car, déjà vaincues par l'impétuosité de la bourrasque, les colonnes cèdent tout d'un coup, et le bâtiment s'affaisse lourdement sur le sol, avec un bruit terrible, qui se mêle aux éclats du tonnerre. Presque tous les malheureux fuyards sont ainsi arrêtés dans leur fuite désespérée, et renversés pêle-mêle : quelques-uns sont tués sur le coup, d'autres sont couverts de blessures et de contusions.

Que devenait le roi dans cette horrible bagarre ? Après la chute du hangar, l'alarme fut donnée par les factionnaires ; d'un autre côté, quelques hommes, qui par miracle avaient pu sortir sains et saufs du bâtiment avant son affaissement, étaient allés partout requérir du secours. Malheureusement la pluie tombait alors à torrents, et aucun des hommes de service n'était dehors : chacun avait cherché un abri. Cependant on parvint à rassembler un certain nombre de mandarins, d'ouvriers et de soldats, qui accoururent tous précipitamment sur le lieu du désastre, où déjà quelques têtes d'hommes paraissaient au-dessus de la toiture effondrée du bâtiment renversé. Ces malheureux cherchaient à se frayer un passage en écartant le chaume qui les couvrait. Parmi ces têtes, on reconnut celle du roi, mais hélas ! dans quel état elle se trouvait ! le turban de Gia-Long était défait, et laissait voir ses cheveux blancs en désordre et ruisselants d'eau ; son front était taché du sang qui provenait d'une blessure occasionnée par la rencontre d'une traverse; ses yeux brillaient d'un éclat terrifiant, et sa figure animée annonçait une grande surexcitation. Ce tableau vivant, représentant des têtes humaines dans un cadre de chaume, aurait eu quelque chose de fort risible, sans la pensée que, derrière ce tableau grotesque, il y avait de nombreuses victimes.

A l'arrivée des hommes, le roi se mit dans une grande colère: «Insensés et poltrons que vous êtes, leur dit-il en jurant, où étiez-vous donc pendant que votre roi se débattait contre la mort? Vous vous croisiez les bras comme des paresseux! Ah! je vous apprendrai, moi, à être plus attentifs et plus lestes à l'avenir. Mais, voyons, vite en besogne, sciez, coupez, arrachez et déblayez-moi tout cela, pour que je sorte d'ici. Dégagez promptement ces malheureux, dont les gémissements me déchirent le cœur!» On se mit à l'œuvre et, avec l'aide des ouvriers et des soldats qui arrivèrent successivement, on retira le roi de dessous les décombres, ainsi que les morts et les blessés qui s'y trouvaient.

Par bonheur, Gia-Long n'avait eu qu'une contusion à la cuisse et une légère blessure au front. Il fut transporté à sa maison flottante, où mon père (1) accourut en toute hâte pour le voir et pour lui offrir un élixir qu'on appelait «drogue amère», qui, à cette époque, jouissait d'une certaine réputation dans le pays, et dont mon père tenait la recette d'un missionnaire français. Cet élixir était composé principalement d'aloès, de racine de curcuma et de différentes plantes infusées ensemble dans de l'esprit de riz. Le roi avait déjà entendu parler de cette drogue amère, comme un remède très actif pour les blessures et les contusions: aussi s'en fit-il mettre immédiatement sur les parties malades, avec l'approbation de son médecin, qui se réserva d'administrer au royal malade des remèdes intérieurs.

Michel Đức CHAIGNEAU, *Souvenirs de Hué*, p. 200-203.

---

(1) Sans vouloir entreprendre une analyse détaillée de l'étude qu'a consacrée M. A. Salles à *J.-B. Chaigneau et sa famille*, nous nous bornons à reproduire la partie de l'excellent résumé, qui en a été donné dans le *Bulletin de l'École française d'Extrême-Orient*, t. XXIII, p. 424, relative au père de l'auteur de ces précieux *Souvenirs de Hué*.

« C'était un Breton de Lorient, issu d'une de ces familles de marins, dont tous les fils ont dans le sang l'amour du voyage et de l'aventure. Né le 8 août 1769, il embarque comme «volontaire» le 14 avril 1781, sur une flûte de la marine royale. A onze ans! Le bateau est pris dans les parages du cap de Bonne-Espérance

Une pagode annamite.

Cette pagode, fort simple, se composait d'une seule pièce qu'une boiserie sculptée à jour, mais laissant un passage ouvert dans le milieu, divisait en deux parties. Dans celle du fond s'élevait l'autel de Bouddha : à droite et à gauche deux niches, occupées par des bonzes, formaient comme le chœur de cette chapelle. Les murs de la première salle étaient ornés de dessins dont les sujets offraient la plus grande ressemblance avec nos tableaux du Jugement dernier. On y voyait les justes admis dans une sorte de paradis où trônait un majes-

---

et l'équipage interné à Sainte-Hélène : Jean-Baptiste Chaigneau, prisonnier de guerre, a maintenant douze ans. Relâché, il rentre en France et reprend aussitôt la mer : au cours de deux campagnes, il visite la côte d'Afrique, Terre-Neuve, l'Inde, Java, Canton, Manille. Les bureaux de la marine n'ayant pas jugé ces titres suffisants pour lui octroyer le grade de sous-lieutenant de vaisseau, il prend du service sur un navire de commerce, la *Flavie*, envoyé à la recherche de Lapérouse, sous le commandement du lieutenant de vaisseau Magon de la Villeaumont. Le 9 septembre 1791, la *Flavie* fit route par le cap Horn sur le Kamtchatka, d'où elle descendit à Macao. Bloquée dans ce port par l'état de guerre entre la France et l'Angleterre, elle y fut désarmée en mars 1794. Libre de toute obligation, Chaigneau prit le vent : on lui parla des bonnes dispositions de l'empereur d'Annam Nguyên-Ánh pour les Français et des chances d'avenir qu'offrait la « Cochinchine » : il n'en fallait pas plus pour le décider ; moins d'un mois après, il débarquait à Saigon. Il n'entra pas immédiatement au service du souverain et commença par faire du commerce, à titre privé, entre la Cochinchine et Macao. Mais bientôt l'accroissement de la flotte royale et le départ de Jean-Marie Dayot rendirent nécessaire l'engagement de nouveaux officiers : on fit à Chaigneau des offres qu'il accepta à la fin de 1796.

Alors s'ouvre la seconde phase de sa carrière. Commandant le bateau le « Dragon volant », il prend part à la prise de Tourane et de Huê. Gia-Long vainqueur le traite en ami et, pour être plus sûr de le garder, le marie à une jeune Annamite chrétienne. Chaigneau est maintenant délégué impérial, marquis, général de l'armée du Centre ; il est membre de la famille impériale et en porte le nom. Un portrait peint par un artiste chinois vers 1805 nous le montre dans son grand uniforme : pantalon de soie rouge, courte tunique noire à brandebourgs, fendue sur les côtés à la mode annamite, ceinture d'étoffe bleue dans laquelle est passée une dague, épaulette d'or unique, sur l'épaule droite, turban dit « à oreilles de chat ».

Au milieu de ces splendeurs, Nguyên-văn-Thăng, marquis de Thăng-Đức, n'oublie pas qu'il est Jean-Baptiste Chaigneau de Lorient. Il a quitté son pays depuis un quart de siècle, à l'aube de la révolution : il voudrait bien revoir la France et sa famille. Puis il se sent environné, lui le mandarin étranger, d'une sourde hostilité contre laquelle l'empereur vieilli réagit de moins en moins. Cependant celui-ci résiste : bien qu'il se chamaille assez souvent avec son fidèle conseiller, il répugne à l'idée de s'en séparer. Il cède enfin. Chaigneau part le 13 novembre 1819 et débarque à Bordeaux le 8 janvier 1820. Il en repart moins d'un an après, le 1er décembre, avec le titre de consul et commissaire du Roi près l'empereur de Cochinchine. Le 17 mai 1821, le *Larose* jetait l'ancre à l'embouchure de la rivière de Huê et Chaigneau apprenait une désastreuse nouvelle : Gia-Long était mort. A quelle date ? Les auteurs ne s'accordent pas sur ce point : les uns disent le 25 janvier 1820, d'autres, le 2 ou le 3 février. Il semble qu'on doive s'en tenir à la dernière, qui est celle des documents officiels annamites.

tueux bouddha ayant à ses côtés d'autres divinités ; mais
l'imagination de l'artiste s'était surtout donné libre carrière
pour représenter les supplices réservés aux méchants :
de grands diables à queue et à griffes formidables les
poussaient avec des piques dentelées et à crocs dans
divers compartiments où ils étaient empalés, pendus,
noyés, rôtis, écartelés, etc... Au milieu de la salle, on
voyait une grande table dont une partie était couverte
de fleurs, de fruits et de porte-cierges que le public ne
cessait de garnir de petites bougies, et dont l'autre bout
était encombré de livres chinois. Tout autour étaient assis
des religieux et des chantres présidés par un vieux bonze,
d'une effrayante maigreur, lisant à haute voix et scan-
dant ses phrases de telle façon qu'en fermant les yeux
il me semblait entendre la voix d'un prêtre disant la
messe. Avec un air tantôt grave et recueilli, tantôt ins-
piré, il étendait ses mains sur l'assistance ou faisait avec
ses doigts des mouvements d'une rapidité prodigieuse
qui me parurent la seule chose grotesque de cette cérémonie, car l'austère physionomie du vieillard exprima
constamment des sentiments au moins dignes de respect.
Le bruit des conversations ne le troublait nullement, et
quand parfois il s'arrêtait, les autres officiants entonnaient
des psaumes avec accompagnement de flûtes et d'une
espèce de violon, puis le vieillard agitait une sonnette,

D'abord bien accueilli, Chaigneau ne tarda pas à se trouver dans une situation dé-
licate : les fonctions de consul de France et de mandarin cochinchinois étaient bien
difficiles à concilier. Minh-Mang n'avait pas les mêmes raisons que son père de défendre l'étranger contre les rancunes et les intrigues de la Cour : son attitude devint
de plus en plus froide et celle de son entourage de plus en plus arrogante. Bientôt
Chaigneau et son ami Vannier durent songer au départ. Ils retardaient toutefois une
résolution définitive, qui leur coûtait sans doute. Les choses traînèrent ainsi jusqu'en
septembre 1824. C'est alors que le général marquis de Thăng-Đức reçut une visite
inattendue : un envoyé de l'empereur vint lui présenter sur un plateau une réduction
de navire et un licet de soie. Il opta pour le bateau, demanda en toute hâte
sa retraite, qui lui fut accordée dans les termes les plus flatteurs, et gagna Sin-
gapour où il s'embarqua avec Vannier sur le *Courrier-de-la-Paix*, le 4 avril
1825. Le 6 septembre suivant, ils débarquaient à Bordeaux. Chaigneau vieilli revenait en France « couvert de rhumatismes » et ayant « beaucoup de peine à faire
usage de ses mains ». Il revenait aussi sur un insuccès diplomatique, dont le « Dé-
partement » lui tint quelque temps rigueur : pourtant, quand la vérité fut connue,
cette rigueur s'adoucit au point qu'on lui alloua généreusement une pension de 1.800
francs, que d'ailleurs le ministère Polignac s'empressa de lui supprimer en 1830. Au
milieu de ces tristesses, il reçut en 1827 une lettre de Minh-Mang avec un ca-
deau d'émaux et de soieries. Elle contenait cette phrase magnifique : « Je ne voulais
pas accéder à votre demande, mais à cause de vos instances réitérées, j'ai été contraint, malgré moi, à vous permettre de vous en retourner ». En songeant au bateau et au licet, Chaigneau tira sans doute quelque gaîté de la missive royale.
Il mourut le 31 janvier 1832, à 63 ans. »

les chants cessaient, et il reprenait sa lecture. J'allais
me retirer, quand je vis ses doigts se remuer, s'entre-
lacer fiévreusement, et ses regards, d'abord levés vers
le ciel, s'abaisser sur la foule; il se prosterna, saisit sa
sonnette et fit un épouvantable carillon. Chacun baissa
la tête comme à l'élévation, et, la cérémonie reprenant
son cours, je me frayai avec peine un passage au milieu
des fidèles qui causaient, riaient, fumaient, priaient et
psalmodiaient tout à la fois.

J. L. DUTREUIL DE RHINS (1),
Le Royaume d'Annam et les Annamites, p. 11-12.
Paris, Plon, 1879.

(1) Jules-Léon Dutreuil de Rhins naquit à Saint-Etienne le 2 janvier 1846.
Admissible à l'Ecole navale, mais non classé, il navigua plusieurs années au commerce. Lors de l'expédition du Mexique, il fut reçu dans la marine militaire comme
aspirant volontaire, puis comme enseigne. Il prit part en cette dernière qualité à
la guerre de 1870, mais son rôle se borna à transporter des troupes d'Algérie
en France et réciproquement. La guerre finie, il rentra dans la marine marchande.
Capitaine au long cours, il visita à peu près toutes les côtes et tous les ports
du monde. Cela pourtant ne suffisait à contenter ni son goût de l'action, ni sa
curiosité. Les rivages des mers étaient comme des paravents brillants et pittoresques
qui lui cachaient l'intérieur des continents, vers lequel il se sentait de jour en jour
plus attiré. Il commençait à trouver que son métier manquait de variété et il son-
geait à chercher une autre voie lorsqu'il apprit que le roi d'Annam demandait
des officiers pour commander les canonnières que la France lui avait cédées par le
traité de 1874. Dutreuil de Rhins offrit ses services qui furent agréés par le Ministère de la Marine. Il devint ainsi, en 1876, capitaine du *Scorpion*, un des
cinq navires à vapeur de la jeune flotte annamite. C'était un mauvais bateau que
son canon trop lourd faisait plonger d'une manière inquiétante. Il était monté par
un équipage de paysans qui n'avaient jamais vu la mer, placés sous les ordres d'un
mandarin de terre ferme. Dès les premiers jours, il y eut conflit entre celui-ci et
l'officier français qui ne pouvait rien faire sans le concours de son collègue annam-
mite. Bientôt deux des canonnières se perdirent. Dutreuil de Rhins, certain que la
sienne subirait bientôt le même sort, las du mauvais vouloir insurmontable des mandarins, donna sa démission et ses collègues l'imitèrent (1877). Ainsi finit la marine
du roi Tu-Duc. Pendant son séjour en Annam, Dutreuil de Rhins avait fait mieux
que de commander une mauvaise barque. Il avait relevé en grand détail et avec
la plus grande précision la rivière et la ville de Hué. Sa carrière de marin l'avait
bien préparé à cette tâche. En outre, il avait rassemblé de nombreux matériaux
sur la géographie du royaume d'Annam : renseignements de missionnaires, documents
annamites, anciens et modernes. Il en usa pour dresser une carte de l'Indochine
orientale au neuf cent millième, œuvre de la plus scrupuleuse conscience, qui laissait
loin derrière elle les travaux des géographes antérieurs. Passionné pour tout ce qu'il
entreprenait, Dutreuil de Rhins avait poussé ses études bien au delà de ce qu'exi-
geait sa carte. Il conçut ainsi le projet d'un grand voyage entre le Tonkin et le
Turkestan à travers le Tibet, voyage qui eût continué et complété celui de Dou-
dart de Lagrée et de Francis Garnier. Mais il dut y renoncer devant l'impossibilité de trouver les moyens nécessaires. Il connut des temps difficiles ; heureusement,
il savait s'accommoder du train le plus modeste, la pauvreté ne l'effrayait guère
plus que la plus haute fortune n'était capable de l'étonner. En 1881, il fut représentant du Ministre de l'Instruction publique à l'Exposition géographique inter-
nationale de Venise. Après une excursion aventureuse en Egypte, en 1882, il fut,

La baie de Tourane.

La magnifique baie de Tourane (Cửa hàn) a la forme d'un chiffre 6 de treize kilomètres de hauteur sur onze de largeur; qui l'a vue une fois ne saurait l'oublier.

Quand une faible brise chasse la brume par le travers des gorges et ride à peine la surface de l'eau, lorsque les rayons du soleil commencent à dépouiller les premiers plans de l'horizon de leur costume matinal, et laissent voir agrandies ou renversées par le mirage les jonques à grandes voiles de paille et les petites criques boisées qui découpent en festons les contours de la baie, c'est un tableau gracieux, coquet; mais ce n'est pas Tourane. Voyons de l'entrée cette immense baie où ne se distingue nulle habitation et souvent pas une barque; on se croirait dans un pays inconnu, désert, et le panorama ajoute encore à cette impression. Soit que des phénomènes lumineux, aussi variés de forme qu'éblouissants, sillonnent et tourmentent les sombres nuages qui se traînent sur les flancs accidentés des montagnes dont les sommets se perdent dans le ciel; soit qu'une atmosphère pure et sereine découvre, dans toute sa majesté, cet énorme massif montagneux couvert de forêts où les fauves vivent à l'abri des attaques de l'homme, on est saisi, rempli d'admiration devant l'œuvre pittoresque et grandiose de la nature; et lorsque, en approchant de la presqu'île de l'observatoire, on aperçoit quelques cases éparses sur le rivage, on reste frappé du singulier contraste que présente cet écrasant tableau à côté de l'œuvre chétive de l'homme.

Du mouillage, on distingue difficilement le petit village de Tourane, à environ quatre kilomètres dans le sud. Un rivage bas, uniforme comme une plage de sable, borne la baie dans cette direction, et l'éloignement ne permet pas d'apercevoir

---

à son retour en France, attaché à la grande mission de l'Ouest africain, dirigée par de Brazza. Rendu à ses études après les conventions de Berlin, Dutreuil de Rhins fut de nouveau en délicatesse avec la fortune. Il vécut de sa plume comme il put, et l'assistance du Ministère de l'Instruction publique lui permit de se tirer d'affaire honorablement. En juillet 1890, celui-ci le chargea d'une mission dans la Haute Asie, mission que l'Académie des Inscriptions et Belles-Lettres soutenait par l'attribution du prix Garnier. Quelques mois après, le voyageur, accompagné de M. F. Grenard, aborda le terrain de son exploration. Il fut tué le 5 juin 1894 dans un village du Tibet oriental. (Cf. J.-L. Dutreuil de Rhins, *Mission scientifique dans la Haute Asie, 1890-1895*, par F. Grenard, et *Dutreuil de Rhins* par Charles Maunoir.)

la route ou plutôt le sentier de Hué, qui, après avoir contourné la baie, s'enfonce au nord-est dans les montagnes (1).

J. L. DUTREUIL DE RHINS,
Le Royaume d'Annam et les Annamites, p. 28-29.

Un jardin annamite.

Derrière ces haies où s'enchevêtrent toutes sortes de plantes grimpantes, des ronces, des palmiers d'eau; derrière ces touffes de bambous au-dessus desquelles se balancent les panaches des élégants aréquiers, les cases montrent leurs toits relevés et leurs dessins bizarres. Chacune a son jardin, où Mai me désigne les arbres les plus communs: le manguier (2), le jaquier, l'arbre à pain (3), le tamarinier, l'oranger, le citronnier, le bananier, le carambolier, le *nhãn* (4), dont le fruit parait ici assez goûté, etc. Mais rien n'est plus poétique, rien ne prête plus à la rêverie que cet enclos au milieu duquel s'élève la pagode. Quels ornements pourraient remplacer ces beaux arbres: le *cây bàng* (5), arbre parasol à larges feuilles rondes, le *cây dẽ* (chêne) (6), le *cây sến* (7), les

(1) « Le port de Tourane comprend une partie maritime au fond d'une vaste baie, largement ouverte vers le Nord, et une partie fluviale dans une large rivière dont l'embouchure s'ouvre dans la baie. Malheureusement, l'estuaire de cette rivière s'ensable facilement, ce qui oblige les navires à mouiller au loin, à l'entrée de la rade, aux abords de l'îlot de l'observatoire. Toutes les opérations du port doivent donc se faire par jonques ou par chalands que des remorqueurs conduisent au port fluvial. Les communications entre la rade et le port fluvial présentent, elles-mêmes, des difficultés résultant de l'insuffisance des fonds sur la barre de la rivière. On avait songé, vers 1900, à créer au Nord de la ville, en dehors de l'estuaire, et dans la baie même de Tourane, un port en eau profonde, constitué par un quai accessible directement aux navires à fort tirant d'eau, et protégé par une jetée de trois kilomètres qui aurait formé au Nord un abri contre la houle du large. Ce projet fut même adopté par le Gouvernement Général de l'Indochine, mais il ne reçut pas l'approbation ministérielle. » (A. A. Pouyanne, *Les travaux publics de l'Indochine*, p. 174.)

(2) *Xoài thanh ca* ou *xoài anh ca* (Mangifera Mekongensis, Pierre), variété très cultivée en Cochinchine et dans le Sud-Annam.

(3) Jaquier ou arbre à pain : *mít* (Artocarpus integrifolia, Lin. Ek).

(4) *Long nhãn*, longanier, œil de dragon (Euphoria Longana, Lamk.).

(5) Badamier, dont les feuilles servent à teindre en noir.

(6) Ou *cây sồi*.

(7) Illipé du Tonkin (Bassia Pasqueri, H. Lec.).

sycomores (1) et les figuiers (2), parmi lesquels on re-
marque surtout le *bồ đề* (3)! Les branches de cet arbre dirigent vers le sol de nombreux rameaux formant autour du
tronc principal autant de nouveaux troncs, dont les
branches vont à leur tour s'implanter dans la terre,
dessinant toujours de nouvelles arcades, qui se dévelop-
pent ainsi sur une étendue considérable. Les rayons du
soleil viennent jouer et se perdre à travers ce dôme de
feuillage, d'où pendent en longues franges des milliers
de lianes; les unes enlacent capricieusement les
branches elles-mêmes entrelacées, plusieurs se rejoignent
pour former de gracieuses guirlandes, d'autres retombent
sur les murs de la pagode ou effleurent le sol sur
lequel les racines se croisent en inextricables réseaux.
Quelques riches familles du voisinage ont élevé dans
cet asile solitaire et sacré, à l'abri de ces troncs sécu-
laires, de petits édicules en l'honneur de leurs ancêtres (4).
Ce sont généralement des diminutifs de pagode :
sous le toit qui s'avance un peu en avant est disposée
une petite table couverte de cierges, de chandelles, de
papiers dorés et argentés et de petits objets en carton peint
comme nos jouets d'enfants. On y voit ainsi représentés
le mandarin lui-même avec son cheval ou son bateau et
ses parapluies, dont la vanité de la famille s'est plu à
augmenter le nombre. Les pauvres gens se contentent de
placer au pied de ces beaux arbres de petits autels de
bois ou seulement de petites tables avec leurs jouets,
ou même simplement de suspendre aux lianes toutes
sortes d'amulettes, les unes en souvenir des ancêtres, les
autres destinées à préserver leurs descendants superstitieux
des maux de ce monde.

J. L. DUTREUIL DE RHINS,
Le Royaume d'Annam et les Annamites, p. 77-79.

---

(1) *Sung*, figuier sycomore (Ficus sycomorus, Lin.).

(2) *Vả* (Ficus Roxburghi, Wall.).

(3) Figuier des pagodes (Ficus religiosa, Lin.).

(4) Dans une étude sur les *Croyances et pratiques religieuses des Annamites
dans les environs de Hué*, le P. L. Cadière a montré que « lorsque les Annamites
considèrent un arbre comme sacré, dans presque tous les cas, c'est à cause d'un esprit
féminin ». Ces esprits féminins, si l'on exclut certaines divinités d'importation étrangère
connues seulement dans les villes, sont de deux sortes : ou bien ce sont les âmes de
femmes mortes, *con tinh*, ou bien ce sont des esprits autoristes, *mụ rú* « La mère
Forêt », *bà mộc* « la dame Bois », etc. Le P. Cadière n'a pas trouvé d'explication
de la relation qui existe entre les *con tinh* et les arbres. (*Bulletin de l'École
française d'Extrême-Orient*, t. XXI, p. 264.)

Huê.

Huê, dont le nom est cité pour la première fois dans l'histoire en 1350, comme celui d'une ville d'origine ciampoise [1] appartenant déjà aux Annamites, occupait probablement le même emplacement qu'aujourd'hui. A partir de 1570, elle devint la résidence des *chúa* (seigneurs) de la famille Nguyễn [2]. Prise en 1774 par les rebelles Tây-son, reprise en 1801 par Gia-Long, qui la fit fortifier par le colonel Olivier [3], elle est restée jusqu'à présent la capitale de l'Annam. — Les voyageurs des derniers siècles parlent peu de cette ville. Le capitaine Rey en fit, en 1819, une description qui aurait dû être plus exacte, puisqu'à cette époque MM. Chaigneau [4] et Vannier [5], les deux derniers officiers français au service de Gia-Long, s'y trouvaient encore. Enfin, depuis une trentaine d'années, environ trente étrangers, Français et Espagnols, ont été admis dans la citadelle et reçus par le roi ou ses ministres ; mais, entourés de troupes et suivant un itinéraire déterminé, ils n'ont pu visiter la ville. Le fils de M. Chaigneau (officier français au service du roi Gia-Long) a été le seul Européen qui en ait donné une description complète d'après ses souvenirs d'enfance [6], et elle s'accorde parfaitement avec les renseignements que j'ai recueillis.

Les murailles, dont nous venons de faire le tour, renferment une autre enceinte carrée, non fortifiée, de sept cents mètres de côté, où se trouvent les cases royales, entourées de jardins. La ville proprement dite est donc comprise entre les deux enceintes. Outre de

---

(1) Au XIIe siècle, le roi cham Po-Kloag, repoussé vers le Sud par les Tonkinois, se construisit sur les bords de la rivière de Huê une capitale appelée « La ville des sapins » ; en effet, on retrouve encore une des enceintes de cette place forte, située au-delà de la rivière l'hû-cam ; ce lieu est aujourd'hui le temple des sacrifices impériaux. (Cl. Madrolle, *Indo-Chire*, p. 96.)

(2) Il y a lieu de remarquer que Nguyễn-Hoàng (1525-1613) fut nommé gouverneur (trấn-thủ) de Thuận-hóa (Quảng-bình, Quảng-trị, Thừa-thiên, et le Nord du Quảng-nam actuels) en 1558. « Tous les documents relatifs aux Nguyễn basent leur chronologie pendant la vie de ce prince sur cette année 1558 qu'ils considèrent comme nguyễn-niên. » (L. Cadière, *Tableau chronologique des dynasties annamites,* p. 57.)

(3) Cf. *supra*, p. 12, n. 2.

(4) Cf. *supra*, p. 43, n. 1.

(5) Cf. *supra*, p. 14, n. 2.

(6) Michel Đức Chaigneau ; cf. *supra*, p. 21 et suiv.

nombreuses cases de mandarins, de bourgeois et d'ouvriers, on y voit: au nord, la préfecture, des collèges, des magasins de riz et d'argent; à l'est et à l'ouest, les ministères et des casernes; au sud, des magasins et des arsenaux qui contiennent, dit-on, quatre mille pièces, dont j'ai vu quelques échantillons plus curieux que redoutables. Les palais du roi contiennent certainement des objets rares et de valeur, surtout de provenance chinoise.

J. L. DUTREUIL DE RHINS,
Le Royaume d'Annam et les Annamites, p. 99-100.

Les environs de Huĕ.

Le panorama est varié, magnifique dans son ensemble: là-bas, c'est un pays accidenté, pittoresque et sauvage; ici, un immense et uniforme tapis de verdure se déroule jusqu'aux dunes de sable qui se confondent avec l'Océan. Là, le silence de la mort; ici, le mouvement, la vie: sur cette plaine, qui ne manque ni de grâce ni de fraîcheur, se détache un grand carré de blanches murailles entourées de fossés et de canaux. L'intérieur de la citadelle de Huĕ nous semble en grande partie couvert d'arbres; à leur disposition, nous devinons des places, des rues largement percées, mais nous ne voyons réellement que les toits des cases.

... En rejoignant ma baleinière et en remontant la rivière de Phú-cam, les délicieux ombrages de ses rives captivèrent mes regards et détournèrent le cours de mes pensées. Sous ces berceaux de feuillages si touffus qu'on les croirait solitaires, à la vue de ce séjour enchanteur où toute l'existence devrait s'écouler comme le matin d'un beau jour, où l'homme devrait vivre heureux et son esprit emprunter à cette ravissante nature un reflet de ses grâces, j'oubliais que l'humanité traîne partout avec elle son cortège de passions et de misères, et lorsque le grand fleuve inondé de lumière reparut devant moi, je trouvai bien courte cette délicieuse promenade.

J. L. DUTREUIL DE RHINS,
Le Royaume d'Annam et les Annamites, p. 127-128.

De Tourane à Hué, en palanquin.

Que la baie de Tourane nous parut belle en sortant du village ! Avouons qu'un temps splendide nous disposait à l'admiration, et que la perspective d'un voyage si intéressant nous rendait tous plus joyeux les uns que les autres. Quittant nos palanquins, nous marchons sur une seule ligne, cherchant dans nos souvenirs les refrains les plus entrainants, et chantant à tue-tête, au grand ébahissement de nos porteurs, qui, les coudes au corps, les poignets en avant, trottent en imprimant aux palanquins des mouvements de tangage très fatigants pour le voyageur qui n'y est pas habitué.

Cet assaut de vitesse finit par avoir raison des voix les plus puissantes. On plaisante, on rit, on cause ; mais il faut marcher, marcher toujours, et la gaieté, l'entrain ne se montrent plus que par intervalles. L'air du matin réveille l'appétit, et bientôt la faim et la fatigue favorisent la débandade. Nous avançons encore un moment en silence : à notre droite les volutes se succèdent en grondant, leurs rouleaux irisés se répandent en nappes écumantes sous nos pieds, et dessinent sur le bord de la plage de capricieuses broderies ; à gauche, le sable amoncelé par le vent et les lames forme une suite de petits tertres, et un rideau de broussailles cache la plaine, qu'une ceinture de hautes montagnes fait paraître peu étendue. Nous reprenons nos palanquins et, excitant nos porteurs, nous arrivons presque au pas de course à la limite de la plage. Le sable fait place à des champs cultivés, les broussailles à des massifs boisés, et de chaque côté de la route se montrent maintenant quelques habitations.

J. L. Dutreuil de Rhins,
Le Royaume d'Annam et les Annamites, p. 153-154.

L'agriculture en Annam.

Les cultures sont généralement bien entendues, l'irrigation bien comprise, mais les procédés sont tout à fait primitifs. Dans la plaine, on rencontre à chaque instant des canaux qui relient les rivières et les ruisseaux, et sur les pentes des terrains plus relevés et des collines s'étagent de petites digues qui, de loin, font l'effet de petites fortifications. Deux hommes remplissent successivement ces canaux au moyen d'un seau en écorce de palmier retenu par des cordes. Le seau, plongé dans l'eau, en est retiré avec force et vidé dans le canal supérieur, d'où l'eau se répand ensuite dans la direction voulue, au moyen de rigoles. Souvent même, quand la différence de niveau est très faible, un seul homme remplit cette besogne à l'aide d'un appareil fort simple, composé de trois perches réunies à leur sommet, auquel est suspendu par une corde le manche d'une sorte de longue cuiller d'écorce qui fait l'office de seau.

En fait d'instruments, les Annamites ont la bêche, une petite charrue très légère, sans roues, et une herse sur laquelle ils se tiennent debout en dirigeant leurs buffles.

Leur façon de cultiver les rizières n'a probablement jamais varié depuis des siècles. Suivant le niveau de la rizière, on laboure à la charrue, en retournant approximativement la terre, à cause de l'imperfection de l'instrument, ou bien on fait entrer l'eau dans les levées, et l'on ameublit le sol avec la herse. Pour se procurer le plant, on prépare d'abord un petit champ, où l'on sème à la volée, très épais, le riz qui germe rapidement, et qui, au bout d'une vingtaine de jours ou un mois, est bon à être replanté. Pendant ce temps, les rizières ont été préparées convenablement; la boue argileuse, bien détrempée, doit offrir assez de consistance pour qu'en y plantant les pieds de riz, — en quinconce, à environ douze centimètres les uns des autres, — ils puissent se tenir debout, une fois abandonnés à eux-mêmes. Pour cette opération, les Annamites sont toujours nombreux, et les voisins se prêtent assistance, à charge de revanche. Le sarclage est rarement pratiqué, et d'ordinaire les Annamites abandonnent la récolte sans autres soins. Celle-ci se fait à la faucille, et le dépiquage au moyen des buffles, qui piétinent sur les gerbes disposées sur une aire.

J. L. DUTREUIL DE RHINS,

Le Royaume d'Annam et les Annamites, p. 283-284.

Les habitations des Moi de Baria [1].

Les cases sont disposées en trois ou quatre groupes quelquefois rapprochés l'un de l'autre, quelquefois dispersés sur toute l'étendue du territoire du village. Ces habitations ont un aspect tout particulier qui a fait dire quelquefois que les Moi habitaient dans les arbres. Ce sont de véritables cages rectangulaires tressées en bambous ; le toit est en chaume (*tranh*) et souvent les parois sont doublées de paillotes ; ces légères constructions sont élevées sur de forts piquets de 3ᵐ.50 et même souvent à 5 mètres au-dessus du sol ; quelquefois, le principal pilotis est un arbre que l'on a coupé à la hauteur voulue en conservant quelques branches horizontales qui servent de soutien à la case ; ces branches continuent à végéter, et l'on peut vraiment dire alors que la famille loge dans un arbre.

Quand, à l'aide d'une sorte de perchoir formé par un bambou ébranché à 20 centimètres du tronc, on a pu grimper dans ces étranges maisons, on en a bien vite fait l'inventaire. Point de meubles, un plancher à jour formé par de petits bambous distants de 3 à 5 centimètres les uns des autres ; au milieu de l'un des grands côtés du rectangle, une large planche carrée recouverte d'une forte couche de cendre et servant de foyer. Le feu, entretenu nuit et jour, maintient dans la case une atmosphère de fumée qui éloigne les moustiques ; au-dessus est suspendue une claie de bambous dans laquelle sont exposés à la fumée la provision de poissons salés, parfois quelques tranches de venaison et toujours plusieurs de ces petits pains de riz formés par le résidu du dernier *thé* (vin de riz) qu'ils ont bu ; destinés à servir de ferment pour une prochaine opération. Le long de la

___

(1) Située à l'Est de la Cochinchine, la province de Bà-rịa est bornée au Nord par la province de Biên-hòa, à l'Est par la frontière du Bình-thuận, au Sud par la mer de Chine jusqu'au Cap Saint-Jacques, à l'Ouest, par la baie de Gành-rai et la rivière de Saigon. Bà-rịa était une femme qui vivait vers la fin du XVIIIᵉ siècle et mourut en 1803, au village de Phước-liễu qu'elle avait fondé. La tradition du pays rapporte que cette femme vint s'établir vers 1789 dans le pays qui a conservé son nom et dont elle fut la première habitante. Cette dernière assertion est peut-être exagérée, et il faut plutôt croire qu'elle réunit et groupa autour d'elle quelques habitants, organisa des villages et attira par sa vertu et ses hautes qualités une population laborieuse à laquelle elle distribua les terres reconnues par elle. Le pays ainsi soumis à son influence comprend la région qui s'étend entre Bà Rịa, Phước-thọ, Long-mỹ et Long-thạnh. Elle est vénérée comme une sainte, et son tombeau qui existe encore devant la pagode de Phước-liễu est l'objet d'un culte particulier. On lui a élevé aussi une pagode sur une petite colline située non loin de là et que l'on a baptisée du nom de Núi Cô « Montagne de l'aïeule ». (*Monographie de la province de Bà-rịa*, p. 1)

muraille sont suspendus quelques arcs, des flèches, des paniers et des vans assez bien tressés ; quelques nattes leur tiennent lieu de lits avec de petits sacs de paddy pour oreiller. Dans l'un des angles de la case est appliquée une sorte de petite cage en bambous, séparée de l'intérieur par une paroi mobile. C'est dans cette espèce d'armoire qu'ils ramassent leur vaisselle et qu'ils conservent leurs provisions de paddy, de sel et les pots de vin de riz en fermentation.

Paul Néis (1), *Rapport sur une excursion scientifique faite chez les Moïs de l'arrondissement de Baria,* p. 426-427. (Excursions et reconnaissances, t. II. Saigon, Impr. du Gouvernement, 1880).

Les grottes de Pak Hou.

Le lendemain, après quatre heures de marche, nous arrivions en face du Nam Hou. Ici, le cours du Mékong, resserré entre des collines élevées, n'a pas plus de quatre à cinq cents mètres de large ; juste en face du village de Pak Hou, les collines de la rive droite du fleuve sont creusées de grottes fort curieuses. L'une d'elles s'ouvre dans le flanc d'une falaise à pic ; on y parvient par un escalier creusé dans le roc ; elle a été visitée et décrite par la mission du commandant de Lagrée. La seconde grotte, située à plus de cinquante mètres au-dessus, est d'un accès difficile, mais elle est bien plus vaste et le visiteur est bien dédommagé de

---

(1) Dr Paul Néis, né le 28 février 1852 à Quimper, voyageur et explorateur. Il arriva en Cochinchine comme médecin de seconde classe de la Marine, en 1879, et fut envoyé à Baria, où il put faire une courte excursion chez les Moïs de la frontière d'Annam. Il parcourut et releva en 1883 les affluents jusqu'alors inconnus de la rive droite du Mékong et fit partie, en 1886, de la mission de délimitation de la frontière entre la Chine et le Tonkin. (A. Brébion, *Livre d'or du Cambodge, de la Cochinchine et de l'Annam,* 1625-1910, p. 64). Les principaux articles du Dr Néis sont : *Rapport sur une excursion scientifique faite chez les Moïs de l'arrondissement de Baria du 15 mai du 15 juin 1880* (Excursions et Reconnaissances, 1880, p. 405-435). *Rapport sur une excursion faite chez les Moïs, du 1er novembre 1880 au 8 janvier 1881.* (Ibid., 1881, p. 1-14). *Explorations chez les sauvages de l'Indo-Chine à l'Est du Mékong.* (Bull. Soc. de Géogr., 1883, p. 482-504). *Voyage au Laos (1883-1884).* (Ibid., 1885, p. 372-393). *Voyage dans le Haut Laos* (Le Tour du Monde, 1885, 2e semestre, p. 1-80).

la pénible ascension qu'il a dû faire (1). L'entrée, formée par deux énormes stalactites, est munie d'une porte qui s'ouvre dans un coaloir de sept à huit mètres de large, puis la grotte s'élargit en une vaste salle dont le sol est assez bien nivelé. On compte soixante-dix pas de la porte au fond de la grotte ; la voûte s'élève à mesure que la grotte s'éla git ; arrivé au milieu, je ne réussis pas à me rendre compte de la hauteur de la cavité, malgré les six bougies de cire que mes hommes avaient allumées. Des murailles et des parties les moins élevées de la voûte descendent des stalactites d'un blanc éclatant, toutes irrégulières et simulant parfois des draperies. De tous côtés se dressent des idoles bouddhistes de toutes les tailles et de formes diverses ; quelques-unes sont en bois, beaucoup en bronze et les plus grandes sont en briques recouvertes de mortier et dorées avec soin.

Paul NÉIS, *Voyage au Laos.* (Bull. de la Société de Géographie, 1885, p. 381.)

---

(1) Ces grottes, toutes appelées Tam-Tinh, s'ouvrent dans un flanc de colline qui tombe en bas dans le Mékong, en face du confluent du Nam-Hou (a). La grotte haute a sa large ouverture fermée par une cloison à deux baies. Chacune offre un arc simple terminé par deux crosses et orné en son milieu d'un épi à multiples étages. Chaque grand arc enferme deux autres arcs jumelés. L'épi détache sa silhouette, sur un lambrissage à jour, qui en bas présente des balustres, en haut des panneaux découpés, genre céramique chinoise, mais avec décors typiques dont quelques figures dansantes. Les portes sont simplement divisées dans la hauteur et peintes d'une grande rosace. Trois pilastres supportent les deux arcs ; les murs latéraux enduits sont occupés par des motifs divers où se distinguent un éléphant, des rinceaux, une figure. A l'intérieur, qui s'enfonce en galerie, se voit une quantité innombrable de bouddhas, généralement en bois, debout, présentant les mains, ou les mains tombantes. Sur l'autel du fond, à gauche, est un panneau vertical porté par un éléphant accroupi. Il montre un *stoûpa* (thâp) en carafe, abritant un bouddha dans sa base en doucine, et un autre dans sa panse. Aux côtés, sur des rinceaux de lotus, sont posés des bouddhas, les mains dans le giron. A l'extérieur, à droite, s'ouvre une autre grotte, plus élevée, mais sans profondeur. Plusieurs figures assez grossières de bouddhas ventrus garnissent la paroi de l'une à l'autre. Au bas, ouverte dans la falaise, est une large baie naturelle devant laquelle retombe en rideau un pan important de roché suspendue. Elle fut fermée par un mur à merlons auquel accède un escalier fort raide. Elle est très aménagée et montre des bouddhas, dont quelques-uns en bronze, des animaux de chaux, une curieuse figure de rieur, assis à la javanaise, vêtu comme un bouddha. (D'après H. Parmentier).

(a) « Le Nam Hou, écrit Lucien de Reinach (*Le Laos.* p. 80-81), a pu être regardé comme une des branches du Mékong. En effet, son large lit a l'aspect d'un grand feuve depuis Muong Ngoï, bien que son embouchure soit étroite. Le Nam Hou pourrait être navigable sans doute aux chaloupes à vapeur pendant les hautes eaux, jusqu'à Muong Koua (150 kilomètres environ de Luang Prabang), marché de concentration de la région ; pour les pirogues, il est navigable jusqu'au Muong Houa en toute saison. De Muong Houa à Muong Hahia et à Muong Hou, le Nam Hou n'est flottable, et encore à la descente seule, que pour des radeaux très étroits. Le grand rapide du Keng Louing, qui se trouve à une journée de Pak Hou, exige, aux moyennes et aux basses eaux, le déchargement complet des pirogues ».

Le Nam Chan.

Le 23 mars 1880, j'entrais dans le Nam (1) Chan à sept heures du matin. Large de deux cents mètres environ et d'un courant peu rapide à son confluent, cette rivière ne tarde pas à se resserrer et son courant à se précipiter à mesure qu'on la remonte. C'était pour moi un véritable bonheur de voyager entre ses rives resserrées où la vue pouvait se reposer de tous côtés sur une végétation luxuriante ; la chasse, presque impossible sur le Mékong, devenait facile ici ; dès cette première journée, j'abattis plusieurs oiseaux aquatiques, entre autres une espèce de cormoran que nous appelons à Saigon l'oiseau à cou de serpent, et dont la chair ne le cède en rien à celle du canard. Je ne devais plus connaître l'ennui des longues journées de marche sur ce vaste Mékong. Le Nam Chan était inexploré, je tenais à en rapporter un levé exact ; aussi, la boussole sous les yeux, je notais à chaque instant avec soin les moindres sinuosités de ce cours d'eau : c'est là un travail pénible ; le soir, je suis arrivé bien souvent à l'étape avec un violent mal de tête et les yeux brûlés par la réverbération.

P. Néis, *Voyage dans le Haut Laos*, p. 12.
(Le Tour du Monde, Paris, Hachette, 1885.)

Le plateau de Mương Ngan.

Le plateau de Mương (2) Ngan, presque entièrement déboisé, était naguère couvert d'immenses troupeaux de bœufs, de buffles et de chevaux ; il y restait à peine quelques centaines de bœufs et une vingtaine de chevaux. La végétation ne présente pas le caractère tropical. Ce qui indique partout en Indo-Chine l'approche d'un village, c'est la présence des palmiers et surtout des cocotiers et des aréquiers ; ici ces arbres ne poussent pas, à peine voit-on quelques maigres bananiers qui gèlent chaque hiver. Pendant notre séjour, la température se maintient entre quinze et vingt-cinq degrés, et il tomba de la pluie presque chaque jour.

---

(1) *Nam* et *sé* signifient tous deux « rivière ». *Nam* est généralement employé dans le Laos septentrional : Nam Hin-Boun ; *sé*, dans le Laos méridional : Sé Bang Fai.
(2) *Mương* signifie « province, chef-lieu de province ».

Les chênes, particulièrement celui à glands doux, ne sont pas rares sur le plateau; on y rencontre d'immenses pommiers sauvages, des ceps de vigne et des framboisiers; la florule aussi a changé d'aspect, la terre est couverte de gazon et de mousse, chose presque inconnue en Indo-Chine sous cette latitude; les renonculacées, les composées et les labiées, relativement rares sur les bords du Mékong, abondent sur le plateau. Ce serait là un sanatorium précieux; malheureusement il y pleut sans relâche pendant huit mois de l'année, et le voisinage de la forêt rend la fièvre très commune.

P. Néis, *Voyage dans le Haut Laos*, p. 24-26.

Les rochers sculptés au Nam Hou.

... À midi et demi, nous arrivons à un rapide moins dangereux, le Keng Phè.

En ce moment, il me parut que tous les rochers qui émergent du milieu du torrent ressemblaient à des statues cyclopéennes d'animaux.

Je me figurai d'abord que j'étais en proie à une illusion.

J'avais eu les jours précédents de forts accès de fièvre; pendant la route j'avais travaillé sans relâche sous un ciel de plomb, afin de rapporter le tracé aussi exact que possible de ce grand cours d'eau (1) qui n'avait encore été remonté par aucun Européen. Mon esprit pouvait donc ne pas être dans son état normal. Je me défiai d'abord de mon imagination. C'était elle sans doute qui devait prêter des formes si étranges à ces amas de roches, de même qu'en contemplant vers le coucher du soleil les nuages amoncelés à l'horizon, on croit souvent reconnaître les silhouettes de personnages et d'animaux imaginaires.

Je me recueillis, je redoublai d'attention. Non, c'étaient bien des espèces de sculptures (2) que j'avais sous les yeux; le travail de l'homme sur les contours de ces rochers ne pouvait être mis en doute.

On avait tiré parti de la forme accidentée des récifs pour essayer de représenter les animaux du pays et aussi des animaux fantastiques.

---

(1) Le Nam Hou.
(2) Cf. *supra*, p. 56, n. 1.

Les figures humaines étaient beaucoup plus rares.

Pendant tout le reste de la journée, c'est-à-dire sur une longueur de plus de douze kilomètres, je vis encore avec étonnement des milliers de rochers taillés ainsi, avec les configurations les plus diverses.

Le plus souvent, l'animal que l'on s'était proposé de figurer apparaissait nettement, vu de loin, puis, en approchant, les lignes se confondaient, et bientôt c'était avec peine que l'on reconnaissait dans le rocher brut que l'on avait devant soi la sculpture que l'on distinguait si bien quelques minutes auparavant.

Les artistes qui ont accompli cette œuvre de Titans ont eu visiblement la préoccupation constante de dissimuler leur travail, de manière à laisser croire que les rochers sont ce qu'ils ont été de tout temps selon les caprices de la nature.

Après la fête célébrée quelques semaines auparavant, les eaux avaient baissé et la plupart des sculptures venaient d'émerger; d'autres étaient encore complètement immergées. Toutes celles dont les yeux n'étaient pas formés d'un creux bien visible avaient eu depuis peu les yeux peints en blanc ou en rouge, mais là aussi les artistes indigènes qui s'étaient livrés à ce travail récent, avaient essayé de donner à leurs grossières retouches un aspect naturel et fortuit...

Dans l'après-midi, mon étonnement redoubla : ce ne furent plus seulement les rochers, mais les arbres de la rive, les berges d'argile, le gazon du rivage qui présentaient à mes yeux des formes d'animaux bizarres !

Décidément, je n'étais pas halluciné : ces derniers travaux ne dataient que de la fin de la saison des pluies. Des branches déviées et attachées par des rotins, des pieux et de longs bambous, que la verdure ne dissimulait pas toujours, avaient servi à donner des formes variées aux arbres de la rive...

Il a fallu des centaines d'années pour façonner ces milliers de rochers, dont quelques-uns ont dix ou quinze mètres de hauteur au-dessus de l'eau pendant la saison sèche.

P. Nÿas, *Voyage dans le Haut Laos*, p. 51-52.

Les bruits de la forêt laotienne.

Je me souviens de cette station du 3 décembre 1880 comme de l'un des bons moments de mon voyage. Tout marchait à souhait, je me portais bien depuis trois jours, les renseignements que j'obtenais, les observations que je faisais pouvaient avoir une certaine importance et, tout au moins, étaient absolument nouveaux. Je me laissai aller avec bonheur au charme de cette belle nuit, auquel rien ne manquait, pas même l'attrait d'un certain danger, car il pouvait nous arriver d'être attaqués par quelque bande de Hô descendant le Nam Hou sur des barques ou des radeaux. Mais, ma pensée ne s'arrêtait pas à cette appréhension : elle avait mieux à faire.

J'écoutais depuis longtemps tous les bruits de la forêt: ils sont à peu près les mêmes dans toute l'Indo-Chine; je pouvais sans peine nommer tous les animaux dont j'entendais les voix; nulle part, ils ne m'avaient paru si variés et si nombreux. Ce sont d'abord jusqu'à la nuit close les bruyantes disputes des perroquets qui s'abattent par bandes sur le même arbre, le chant des coqs sauvages et les cris retentissants des paons; plus tard, les gémissements continuels, les houhou lugubres des gibbons qui ne cessent qu'au matin, puis de temps en temps l'espèce d'aboiement clair et bref du tigre en chasse: tout ce concert accompagné des grognements sourds des crocodiles, singulièrement nombreux en ce point du fleuve.

J'avais souvent lu ou entendu dire que le crocodile était muet : son cri est cependant bien connu de tous ceux qui ont passé la nuit dans les lieux qu'il fréquente d'habitude; il ressemble au grognement de l'éléphant en colère, seulement il est sourd, moins retentissant et a quelque chose de plus sauvage.

Je ne dois pas oublier le chant assourdissant des criquets, et surtout celui des cigales, bruit tellement continu et monotone, qu'on ne s'en aperçoit guère que de temps en temps, lorsque tous les insectes, on ne sait pour quelle cause, se taisent à la fois pendant quelques secondes pour reprendre ensuite en chœur leur interminable chanson.

P. Néis, Voyage dans le Haut Laos, p. 54.

Les forêts de teck.

Les forêts de teck (1) ne ressemblent en rien aux autres forêts que j'avais parcourues jusqu'ici en Indo-Chine. Ce ne sont plus les inextricables lacis de lianes et de rotins de la forêt vierge, où les différentes essences sont mélangées, où le spectacle change à chaque pas, mais où la vue pénètre rarement à plusieurs centaines de mètres: ici tout paraît régulier et l'on croirait ces forêts plantées par la main de l'homme. Les troncs, immenses et bien verticaux, s'élèvent à trente mètres et plus sans donner une branche, puis la frondaison s'étale horizontalement, formant une voûte épaisse et continue; on voyage dans ces forêts comme entre les piliers d'un temple gigantesque. Les feuilles de teck, larges, lourdes et luisantes, qui servent dans le pays à faire des toitures résistantes, tombent toute l'année et recouvrent le sol, en sorte que pas un buisson, pas un brin d'herbe ne pousse en ces forêts, ce qui contribue à leur donner un aspect tout particulier.

P. Néis, *Voyage dans le Haut Laos*, p. 70.

(1) Teck (*Tectona Grandis*, L. F.), arbres assez élevés, à rameaux quadrangulaires et à feuilles opposées, grandes, pétiolées. Le bois est assez dur, de densité variable (0,55 à 0,88); d'après les uns, il dégagerait une odeur agréable; suivant d'autres auteurs, elle serait, au contraire, désagréable. Ce bois est un peu onctueux au toucher et ne se mouille que difficilement à l'eau. En raison de cette propriété spéciale, il est recherché depuis longtemps pour la menuiserie interne des bateaux et il s'en fait un commerce très important. (Henri Lecomte, *Les bois de l'Indochine*, p. 199-200).

TABLE DES MATIÈRES

J. L. Dutreuil de Rhins.

Paul Néis.

:om/pod-product-compliance
> UK Ltd.
s, MK11 3LW, UK

02B/989